O céu para os bastardos

Lilia Guerra

O céu para os bastardos

todavia

Nenhum filho bastardo, nascido de união ilícita, fará parte da congregação do Eterno; e seus descendentes também não poderão entrar na assembleia do Senhor até a décima geração.

Deuteronômio 23,2

— Credo! O teu nome é mesmo Bigu?

— Que nada. É Doralice. Mas todo mundo me conhece por Bigu.

— Eu me chamo Regina. Ei! E você?

— Eu? Eu sou a Cassiana.

— Regina, o teu pai é brabo?

— Não sei. A minha mãe disse que ele foi embora quando eu era bem pequena. E o teu, Bigu? É?

— Eu vivo com o meu vozinho. Ele é bom que só vendo. A minha mãe morreu. Se jogou na linha do trem. O vovô falou que nunca viu o meu pai. E você, Cassiana? O que diz?

— Eu? Não sei nada de pai nenhum, também não tenho vô. Mas mãe eu tenho sim. Brava que só ela.

— Eu sei o nome do meu pai. Tá escrito na certidão.

— O meu vô me registrou como filha. Mamãe era afetada da cabeça. Não podia ser responsável.

— Pois nem no meu documento consta o nome do tal pai. Eu conferi. Tá assim: Filiação: Altamiranda Antônia da Cruz. Mais nada.

— Espero que o meu marido seja bom e me ajude a cuidar dos nossos filhos. Vou fazer de tudo pra ele nunca ir embora.

— Pois eu não quero ter filhos, Regina. Já tenho um monte de primos. Dão muito trabalho. E você, Cassiana?

— Eu? Não quero filhos nem marido. Vou morar pra sempre com a minha mãe.

***

— *Eu quero ter um carro branco, como o que passou agorinha!*

— *Você só escolhe os brancos, Regininha. Nem dá chance pra gente. Nesse caso, prefiro os azuis! E você, Cassi?*

— *Eu? Os amarelos!*

— *Eu queria umas tranças louras, como as da Georgiana.*

— *Voto nos cabelos da Rita como os mais bonitos. Pretinhos com franja. Cassiana, o que você acha?*

— *Eu? Gosto mais dos cachinhos da Adriana.*

— *Vou começar o catecismo neste sábado. O meu irmão já tá frequentando as aulas. Ganhou um livro pra colorir e uma caixinha com três lápis. Ele contou que no fim da reunião servem bolo, suco e, às vezes, até pipoca.*

— *Eu também vou neste sábado, Regina! O padre Baltazar foi conversar com o vovô lá em casa. Olha, eu tava chateada, mas sabendo que vou te encontrar, fico bem contente. E você, Cassiana? Por que não vem com a gente?*

— *Eu? E pra que é que serve esse tal catecismo?*

— *A mamãe explicou que é pra gente ser cristão. Primeiro precisa batizar, depois comungar e crismar. A minha madrinha é a d. Paz e o marido dela, o seu Acácio, é o meu padrinho.*

— *Os meus padrinhos são a tia Doroteia e o tio Dirceu. O vovô disse que quem não comunga, não vai pro céu.*

— *Pro céu? De avião?*

— *Não, Regininha! Quando morrer.*

— *Mas eu não quero morrer, Bigu.*

— *Todo mundo morre um dia, sua boba! E, sendo assim, é melhor ir pro céu. Tá ouvindo, Cassi?*

— *Eu? Tô. Vou pedir pra mamãe conversar com o padre, pra saber se eu posso ir com vocês. E perguntar quem são os meus padrinhos.*

A notícia logo se espalhou. Não houve espanto, mas a morte sempre causa algum movimento. Beiços esticados. Lamentações. Ouvi dizer que demoraram para liberar o corpo. O velório segue noite adentro, e as horas custam a passar. Daqui a pouco, vou escapar por algum tempo. Preciso fazer uma visita. Imagino que, na volta, encontrarei tudo já a ponto de se encerrar. Creio que muitos estão para chegar. Por isso, adiam a despedida derradeira. Prolongam o sofrimento.

Conheço, como poucos, Fim-do-Mundo e a gente que vive aqui. Não apenas a vizinhança da rua onde está fincada minha casa de fachada verde-atormentada. Ao menos de vista, quase todos os moradores dos entornos. Os comerciantes. Cães e gatos vadios. Até mesmo algumas aves. O passo-preto, estimado por meu vizinho Acácio, o papagaio da viúva.

Pioneira, a família de seu Genuíno Amolador é das que mais agitam minhas lembranças. Filhos, filhas. Muitos netos. Bigu é, de longe, a mais comovida. Me lembro dela pequenininha, sentada sobre o carro de amolar do avô. Agora é uma mulher. Deixou de chorar por uns instantes. Foi tomar um pouco de ar fresco, amparada pelas vizinhas piedosas, Risoneide e Terezinha. Bem-intencionadas como de costume, não haveriam de faltar.

Há tantas pessoas reunidas no salão. Ainda assim, noto a ausência de vários rostos. Conhecidos se achegam e episódios são reprisados nas paredes de minha memória. Segredos de calçada. Casos que ouvi ou acompanhei. Registros que detalhei em meu caderno de capa vermelha. Capítulos que compõem o livro de histórias que se desenrolam em Fim-do-Mundo e ressurgem enquanto engulo com dificuldade a bolacha murcha que Pintassilgo me ofereceu. O café mortiço e doce, com gosto de antigamente, me auxilia.

Seu Claudionor chegou esbaforido. Coitado! É porteiro de um edifício chique, para as bandas da Zona Sul. Não deu nem tempo de trocar o uniforme. Pintassilgo e eu estávamos do lado de fora, onde outros presentes tiravam linha do tempo. Uns fumando, outros desfiando rosários. Velório é lugar de reencontro. Parentes distantes se ajuntam. Vizinhos que passam anos no "bom-dia", "boa-tarde" formam grupos. Confabulam. Cabeças balançam. Mãos vão ao queixo. Caras abismadas se transfiguram.

— Não me diga que foi por isso...

— Pois digo, companheiro. Pensei que você soubesse.

— Pois só tô sabendo agora...

Amenidades compartilhadas durante os intervalos dos momentos de reflexão.

Montaram uma mesa com garrafas térmicas e biscoitinhos dentro do salão fúnebre. Pintassilgo foi buscar um pouco de chá para que seu Claudionor se revigorasse. Mesmo sendo domingo, a linha Centro/Fim-do-Mundo sai abarrotada. Poucos carros em serviço. Sempre. E os que rumam para Fim-do-Mundo não são confortáveis como os que circulam nos bairros onde moram os grã-finos. É uma contradição que ônibus tão compridos tenham só uma porta para desembarque. E, ainda por cima, no final do corredor. Tenho vontade de conhecer o engenheiro responsável pela proeza. A pessoa diz que é estudada, mestre nisso, doutor naquilo, e acaba projetando uma geringonça desajeitada e nada prática. O valor da tarifa condiz com o de um atendimento de luxo. Mas o que será que os mandachuvas consideram ser luxo para o pobre? A maior parte dos passageiros viaja em pé, num aperto dos infernos. E precisa atravessar o corredor inteirinho para conseguir desembarcar. O pai dos monstros de lata não deve ter tirado a prova. Não experimentou passear a bordo de sua invenção. Pelo menos, não com destino a Fim-do-Mundo. Não imaginou que o trambolho poderia lotar a ponto de nós, idiotas dependentes, não conseguirmos botar o pé no chão? Imaginou sim. Esses crias de satã se fazem de mortos.

Em cada ponto de embarque, sobe um velho mirando um assento. Uma coitada com criança de colo, uma gestante mal se equilibrando no corredor lotado. Um escangalhado. Quem tem a sorte de se sentar, comemora como se tivesse faturado a loteria. Se for o banco do canto, então... um lugar perto da janela parece ser a ambição de cada dia para a gente que sobrevive em Fim-do-Mundo.

O povo protesta quando os condutores executam as curvas bruscamente. Alguns cretinos se aproveitam da situação. É uma lástima que existam sujeitos com essa disposição. Já presenciei a ação de um abusador. A vítima conseguiu sinalizar para outra passageira o que estava acontecendo. A senhora percebeu tudo e pôs a boca no mundo. Pediram ao motorista para que parasse o ônibus. Três homens expulsaram o indivíduo.

— Certo seria chamar a polícia! — opinou a dona que deu o alarme. — De um tipo que se atreve a importunar mulheres num ambiente lotado como esse, a gente pode esperar de tudo. Lugar de tarado é na gaiola!

Um dos moços que retirou o elemento se manifestou:

— E quem é que vai ficar plantado aqui, esperando a polícia chegar, minha tia? Além do mais, não tem flagrante. Não sei a senhora, mas eu preciso bater o cartão às sete em ponto. Se chego atrasado por um minuto que seja, perco a cesta básica. Até se eu faltar por motivo de doença, perco o direito de levar a comida pesada pra casa. Já fui trabalhar com atestado médico guardado no bolso. Fraco que nem café em fim de mês. Mas não perdi o dia. Deus me livre! Os meus meninos comem arroz e feijão feito gente grande.

Pelo caminho, a discussão fermentou. A indignação geral provocada pela constatação do abuso ganhou caloria, aliada à injustiça que o rapaz expôs. Ter de trabalhar doente, correndo o risco de se acidentar pela condição debilitada ou mesmo de agravar o quadro, para não perder o que os patrões chamam de benefício. Ficou para trás o abusador. Ajoelhado, recolhendo o conteúdo da marmita que se espalhou sobre a calçada. Cederam lugar para a moça, que se mostrava, além de tudo, envergonhada. Mas a senhora que a ajudou seguiu inconformada. Certa de que aquela não era a primeira vez do cafajeste. E nem seria a última. Concordei com ela, mas fiquei na minha. Não tenho competência para acusar. Júlio Cesar agiu como o pior dos desalmados. E é como se o mundo inteiro soubesse disso ao olhar para mim.

Seu Claudionor se encostou no muro que cerca o canteiro para descansar um bocadinho, discorrendo sobre os obstáculos que são nossos velhos conhecidos.

— Acontece que os pobres dão jeito pra tudo, Sá Narinha. Aliviam a responsabilidade dos que deviam aplicar os ajustes. Quem sabe, se deixassem de se arranjar? Quem sabe, se empacassem na estação, exigindo solução? Amontoados. Que nem ficam os bambambãs, esperando regalias.

— Sim! Aguardando que os criados sirvam a mesa deles, estiquem os seus lençóis. Mas o pobre é como a fome, seu Dionor. Não espera. É como a noite, que anoitece e pronto. Assim é o pobre. Tem mania de improviso. Impulsiona a criatividade.

— Quanto mais chega gente em Fim-do-Mundo, mais complicado fica pegar condução. O pessoal que desce da Cachorra depende das linhas que circulam na avenida. Outro dia assisti a uma palestra na associação comunitária. A engenheira explicou que é preciso rever o mapa da região, desenvolver planos de melhoria. Que o negócio é mesmo arquitetar elevações pra aliviar o fluxo. É preciso sair de casa cada vez mais cedo. E voltamos cada vez mais tarde. A engenheira também enfatizou que certo mesmo seria esticar a malha ferroviária. Mas a lonjura não é prioridade.

— Sabe, seu Dionor, o dinheiro que os especialistas levam pra pesquisar as necessidades do povo e planejar melhorias é grosso. Mas não estão nem aí pra precisão dos miseráveis. Eles se locomovem em automóveis particulares, com toda a comodidade. Se eu pudesse, botava o prefeito, o governador e o entendedor que desenvolveu o gaiolão pra enfrentar o itinerário de ida e volta. Em pé! Equilibrando a sacola com a marmita, feito sardinha enlatada. Pedindo licença, levando pisão, aturando cara feia. Mas o negócio tinha que ser bem-feito. Sacudir os indecentes da cama de madrugada. Fazer cada um deles caminhar até o ponto de ônibus na rua sem iluminação ou ronda policial. Se pra um homem já fica difícil enfrentar essa condição, pra uma mulher é ainda mais perigoso. Mas não adiantava eles viverem a experiência por um dia, não. Nem por uma semana. Tinha que ser por, no mínimo, uns trinta anos. Aí, eu dava valor.

A tal palestra a que se referiu seu Dionor acontece mensalmente na associação de moradores. Há muitos anos se arrasta a construção de um projeto de expansão para interligar o Centro aos Confins. As obras evoluem com impressionante vagareza. É realmente difícil entender como é que eles conseguem empurrar o avanço com a barriga com tamanha desenvoltura. Nosso pedaço fica bem no finalzinho. A promessa era de que a última estação desse tal complexo seria em Fim-do-Mundo. Em ano de eleição, as juras se multiplicam. Os candidatos garantem que a fita de inauguração será cortada. A gente espera. Algumas estações de trem que servem os bairros pobres não têm escada rolante nem elevador. A população é convocada a aderir a abaixo-assinados para requerer adequações.

— E tem necessidade de comprovar com assinaturas uma coisa que é tão evidente? A bem da verdade, já assinei listas com o mesmo objetivo uma porção de vezes. Mas, se me solicitam, assino de novo. Não tenho pena de gastar caneta. Tenho pena é do tempo do pobre, que é desvalorizado. A saúde também.

Pintassilgo chegou com o chá, que seu Claudionor tomou num gole só.

— Como é que vai ser, Sá Narinha? Vão virar a noite?

— Sim, senhor. Os parentes têm tradição de velar por uma noite inteira. Começaram às quatro da tarde. O sepultamento está marcado pra metade da manhã.

— Se é assim, vou dar um pulo em casa. Tomo um banho, como uma bobagem qualquer e volto com a minha velha.

Os membros da Velha Guarda, aos pouquinhos, vão chegando. Ocupam o espaço, já habituados a esse tipo de evento. Preto Taquera, Mironga, Vadico, Tomé, todos eles se vestiram com trajes sóbrios para prestar a derradeira homenagem. Osney os acompanha. Vi um cartaz colado à porta da birosca quando passei. "Fechado por luto", diziam as palavras desenhadas com carvão numa folha de papel para embrulho. Pela primeira vez, vejo Osney fora do avental azul de brim. Até tirou a caneta de trás da orelha.

Percebo que alguns deles custam a espiar o caixão. Estão ressabiados. Costumam dar plantão na birosca, mas hoje vão se concentrar aqui, em vez de ficarem às voltas com a jogatina e os petiscos curtidos nos vidrões ensebados, na mistura de boteco e pegue-pague. As prateleiras empesteadas de cupim comportam secos e molhados. Barras de sabão rachadas, feito sola andarilha. Doces canalhas, pipas, linhas, gudes. Cigarros boró. Um pouco de tudo.

Num compartimento mais ao fundo, funciona a cabine de apostas. Dirceu Bolão é o consultor e orienta os clientes a fazerem aplicações. Clientes como a tia Bê, que quando tinha uns vinte anos sonhou com um avestruz sorridente e, desde então, arrisca a sorte no pavão. "Avestruz alegre... na hora certa, há de dar pavão na cabeça!", afirma sem medo de errar. Outro dia, eu a vi diminuir dois pãezinhos da quantia que costuma comprar só para fazer a fé.

— Hoje tô confiante, Bolão! Capricha aí!

— Minha véia... sonha com avestruz e joga no pavão? Assim não é possível...

— E você pensa que tudo vem de mão beijada? Sonhos são feitos pra gente analisar. São mistérios de Deus.

Tia foi a primeira pessoa em que bati o olho quando entrei no salão. Sentadinha. Quieta. Trajando sua farda oficial para velórios: calça larga de senhora e blusa de gola olímpica, ideal para enfrentar a friagem da madrugada. O preto fúnebre do conjunto, desmentido pelo laranja berrante de um xale tramado com pontos confusos, adquirido no bazar de usados. O trânsito do vento, proporcionado pela abertura espaçada dos pontos, torna duvidosa a eficácia da missão protetora que os xales carregam. O cabelinho, preso num minúsculo birote, brilha lustroso de vaselina. Pende em seu peito um terço de plástico encardido, desses que costumam ser distribuídos como lembrança de primeira eucaristia. Sapatinhos fechados, ideais para que os pés não tenham contato com terra de cemitério. Sapatinhos que só voltarão a pisar o interior de sua casa depois da lavagem em água corrente. Batom de outra existência. Deduzo pela cor, que já não se vê. Deve ter investido numa borrifadinha da água-de-colônia Serenada, comprada de um dos catálogos de Risoneide e paga em suaves prestações. Não me acheguei para cumprimentar, receando interromper a elevação de seus pensamentos. Mas ela me viu. A seu lado, estava d. Fina Rezadeira. São grandes amigas. Tia Bê acenou e apontou um lugar desocupado perto delas. Pedi a bênção das duas. Começamos a conversar. Tia contou que lhe doem todos os ossos. D. Fina complementou:

— Os meus também, só Deus sabe! E não há previsão pra chegada do novo médico no posto de saúde. O último desistiu de atender quando levaram o carro dele do estacionamento.

— É verdade! General mandou descer o cacete nos autores! De nada adiantou. O pedaço ficou manchado e a comunidade, sem atendimento.

Tia falou sussurrando, olhando para os lados. Mudou rapidamente de assunto. Ainda tinha chão para cair a quirera da aposentadoria. Não fosse assim, passaria na farmácia do Ernani para comprar o santo comprimido que lhe tira a dor como que com a mão. Mas o jeito era ter paciência. Esperar e contar com as rezas de d. Fina, o que aliviava bastante.

— Sabe que eu sou aposentada por tempo de serviço, não sabe, Sá Narinha? Toda a vida trabalhei na fábrica de bolacha...

D. Fina deu seguimento:

— Eu também! Entreguei a saúde servindo na fábrica e a conta já chegou. Amargo noites sem conseguir pregar o olho porque, quando me deito, as dores pioram. O meu remédio está em falta no postinho há tempos! Tomo uns passes no centro. Clamo pros meus santos de devoção. É o que me vale.

Sem que elas precisem dizer, entendo que, mais incômoda que a dor física, é a que as castiga por terem trabalhado tanto e, a essa altura da vida, não terem condição de comprar um comprimido.

— Quero ver amanhã, como vai ser com esse joelho. Pra chegar aqui no velório, preferi dar a volta pela praça. Tive medo de cortar pelo escadão. Os malacos andam roubando debaixo de sol quente, Sá Nara!

— Fim-do-Mundo já não é como antigamente, d. Fina. Quando o morador andava por aí sem receio e os meliantes respeitavam a comunidade, cientes de que só mora gente humilde no lugar. Hoje em dia, os fissurados têm o descaramento de assaltar operário uniformizado, a caminho da atividade. Não perdoam nem mesmo estudante.

— E eu não sei? É uma vergonha!

— Outro dia, levaram a mochila do Pintassilgo. Ele aguardava ainda pela madrugada o carro que transporta os pacientes pro centro de saúde. Na porta de casa. Vieram os covardes e carregaram tudo. Documentos, exames. O dinheiro minguado que ele guardava pra uma emergência. Tantas vezes se privou de gastar com um polvilho ou um biscoito doce pra reconstituir as taxas de glicose. As notas estavam com ele fazia bastante tempo. Os desgraçados tomaram tudo. Mostraram revólver, judiaram dele. Derrubaram a cadeira. Abriu uma ferida enorme na perna do Pintassilgo, por causa da queda. Esses bundas-sujas não têm paradeiro. Malditos sejam todos os ratos!

Assim como tia Bê, d. Fina também pertence à Velha Guarda do Grêmio Recreativo Escola de Samba Unidos de Fim-do-Mundo. Na juventude, foi até porta-estandarte, tendo seu Genuíno como mestre-sala. Por isso, tinha elevada estima pelo falecido. Hoje coordena a ala das baianas, mas praticamente ajudou a fundar a Verde e Branco. Estava aborrecida porque gurufim de bamba costuma acontecer na quadra da escola. Mas a quadra está servindo como ponto de acolhida para os que perderam moradia por causa dos alagamentos.

— Coitado do Genu. Merecia receber a última homenagem no lugar onde foi tão feliz. Paciência. Paciência...

D. Fina, sempre expansiva e de riso fácil, procurava se conter, cobrindo a boca com a mão enquanto falava. Notando a estranheza causada, tocou no assunto.

— A minha dentadura se esfarelou, sabe? Bem, já era tempo. As coisas não podem durar a vida toda, e aquela foi feita quando o finado dr. Quintela atendia a troco de tostão. O velho mulherengo realizava umas cinquenta extrações por dia, no consultório ralé. E dava em cima de tudo quanto era mulher. Se insinuava. Um horror! Tinha quem aceitasse as investidas em troca de não pagar a consulta.

Tia Bê confirmou, horrorizada:

— É verdade! Eu bem me lembro! Dor de dente é coisa do diabo. A pessoa, pra se livrar da agonia, acabava cedendo. Se hoje poucos têm condição pra arcar com os custos de um tratamento, imagine naquele tempo? Eu mesma, assim que sentia a primeira pontada, arranjava o valor e mandava arrancar o mal pela raiz, não importando se tinha conserto ou não.

— Acho que o dr. Quintela nem sabia fazer outra coisa que não fosse usar o boticão. Se alguém entrasse na sua sala por engano, só pra entregar uma encomenda ou dar um recado, corria o risco de sair desdentado. Hoje tá tudo mudado. A neta do urubu também se formou dentista. Reformou o consultório do avô, que agora se chama Instituto Especializado.

— A propaganda é a alma do negócio, comadre Fina.

— Sim! Custa o olho da cara fazer um orçamento no tal instituto. Não tenho categoria nem pra pisar na calçada. No postinho, prometeram que um dia sai a vaga da avaliação com o protético. Até lá, já devo ter ido encontrar o dr. Quintela do outro lado.

Danou gargalhar, valendo-se de um lenço como apoio.

— Estou rindo da minha própria tolice, minha gente. Dei uma volta tão grande, com medo de ser assaltada. Medo de quê, não sei. Dinheiro que é bom, não tenho. E se quisessem roubar dentadura, nem isso eu podia fornecer. Deixa estar. Amanhã, vou embora pelo bequinho, que é mais movimentado.

A esquina do bequinho fica perto do ponto final da linha Centro/Fim. Quem desce ali logo reconhece o cheiro típico. Os meninos queimam seus baseados, enquanto ganham o movimento. Não mexem com ninguém, são apenas guardiões. Funcionam como rádios. Avisam sobre qualquer presença suspeita. Repassam bobagens no varejo e indicam a quem deseja adquirir artigos em quantidade as tocas para a negociação. Conheço todos eles. Desde que eram pivetes de pé no chão e nariz escorrendo e imploravam para ficar com as pipas que caíam em meu quintal. Disputavam aos sopapos e xingamentos as balas que eu distribuía em dia de Cosme e Damião. Viraram marmanjos cheios de marra. Trocaram os tubos de linha por tacos de sinuca, os doces ordinários por latas de cerveja. Já não se atracam por figurinhas para os álbuns. São atraídos por cinturinhas. Ainda me cumprimentam com certa reverência. Fico tentada a me queixar, cobrar segurança em nosso pedaço. Dizer que os maiorais andam fazendo vista grossa para a covardia dos que apavoram os residentes.

Soube de um assalto na linha 2034, às cinco e meia da manhã. Diz que estava um dia frio, garoento. Olhe que pular da cama às quatro da madrugada, sair tiritando e ser roubado, no ônibus ou no caminho, pelos pilotos da covardia que cercam sem dó é solvente. Metem marra nas vítimas que ainda vão enfrentar oito, doze horas de turno. Na limpeza. Em chão de fábrica. Varrendo rua. Gente que não tem como se recompor ou como suspender os compromissos do dia para se refazer. Nem tem seguro para acionar. Os inconsequentes não analisam o estrago. Bolam as correrias para garantir ostentação, mas o dano não é apenas material. Encurralaram uma moradora no larguinho. Subia sozinha e foi atacada por dois enviados. O garupa tomou a bolsa e a empurrou. Uma dona que também ia para o trabalho encontrou a coitada caída. Não conseguia se levantar. Apavorada, repetia que não podia se atrasar, que era nova no emprego. Levaram o uniforme, o vale-transporte. Imagino o quanto se prejudicou. Na maioria das vezes, o empregador não quer saber de explicação. Quer o ponto batido no horário. Quem contrata, espera solução e não problema. D. Gerda, minha patroa, me esfregou isso na cara, um dia.

A abordagem tem o agravante de que, no repente, os cruéis atiram. Montados, são valentes mesmo. Já me circularam algumas vezes. Ameaçaram meter a mão na minha cara, empunharam revólver no meu ouvido. Já carregaram minha sacola. Fiquei até sem os remédios, que eu tinha comprado a prestação. Não sou juíza, mas mão na cabeça, não passo. Não há o que justifique esse tipo de arbitrariedade. Trairagem imperdoável.

Fico besta de ver que tem quem se preste a assaltar ônibus de madrugada. A invadir creche. Desviar mantimento de criança. Botar as tias da escolinha de reféns. Não cabe dentro de mim, não. Mas quem sou eu para fazer cobranças? Entre amigos como seu Dionor, d. Fina, tia Bê e mais alguns que não ocupam os dedos das duas mãos, experimento fazer de conta que nada aconteceu e consigo descontrair um pouco. Esses jamais me trataram com diferença nem fizeram pergunta alguma. Em meio a outras pessoas, me sinto neutralizada.

Por causa de Júlio César, até o gosto de voltar para casa eu perdi. Mesmo nos fins de semana de folga. Sonhei tanto com o momento em que poderia me dedicar aos cuidados de Julinha, de outros netinhos que viessem e atender aos de minha aldeia, onde sempre fui respeitada. Me encheu de soberba o título que adquiri na redondeza. De Maria Expedicionária me tornei Sá Narinha. Conhecedora das plantas, procurada para receitar banhos e garrafadas. Por ironia, acabei amanhando erva daninha. Não soube reconhecer que se tratava de folha venenosa, raiz malfazeja. Reguei. Fortifiquei. Perdi a dignidade. Passei a andar de cabeça baixa na vila onde vivi por tantos anos. Apontada. Notando murmúrios e olhares, enquanto caminho pelas ruas. Com vontade de me esconder de mim mesma. Hesitei, inclusive, em comparecer ao funeral de seu Genuíno. Quando Gerda me avisou que alguém estava ao telefone, eu logo soube que devia se tratar de alguma coisa grave. Doroteia soluçou ao dar a notícia. Não tinha cabimento deixá-la desamparada. Além do mais, tratava-se de meu vizinho de muitos anos, pai de minha grande amiga. Confesso que o devaneio de passar despercebida em meio ao burburinho do cerimonial me encorajou. Quem sabe apontassem para outro alvo. E os cochichos fossem sobre outro assunto. A morte costuma instalar tréguas. Sempre me orgulhei por não ter medo de morrer. Nem da missão que eu supunha ter vindo cumprir neste plano, certa de que nossa passagem por aqui tem um percurso já traçado a ser seguido. Quando as flores se mostravam vistosas e sadias, contentes com minha amizade, eu encarnava o papel de portadora da salvação, designada a promover renovo. Imaginava um revestimento de luz invisível a olhos comuns contornando minha figura. Quem sabe as crianças e os animais conseguissem ver o tal brilho. Entes purificados, como eu considerava ser também. Os interesses pelas sensações que alimentam o corpo carnal, aparentemente, desapareciam conforme os anos avançavam. Devia faltar pouco para o aperfeiçoamento. Um ser de luz se desenvolvia. Eu deduzia.

Depois do que aconteceu, me enxergo eternamente sentada à frente de um juiz, no tribunal. Ré. Cercada de jurados que avaliarão minhas culpas. Espero ser condenada. Preciso urgentemente cumprir minha pena. Numa colônia bem distante daqui.

Quando dei entrada nos papéis da aposentadoria, planejei fazer tudo em surdina. Pretendia surpreender a patroa.

— Não quero mais ficar, d. Gerda! Não quero, não, viu?

Era minha oração. Eu a repetia mentalmente e em voz alta. Testava expressões. Treinava a entonação. Afirmava para os meus botões na ida e na volta das compras. Mas, quando sobreveio a tragédia, preferi me despir das vestes de Sá Narinha. No bairro dos bacanas, não passo de mais uma Maria vestindo o uniforme azul-marinho. Maria que vai ao supermercado e ao hortifrúti semanalmente. Hortifrúti: aprendi com d. Gerda a chamar quitanda desse jeito. Ela organiza a lista segurando os óculos na ponta do nariz. Sentada à mesa da cozinha, enquanto escreve, repete item por item. Gerda acha que não sei ler. Ou que, talvez, eu saiba sim. Soletrando uma palavra ou outra, com muito custo. Pensa que entrego o papel para algum funcionário, alguém que vai me ajudando. Não faço questão de mudar a impressão dela. Que também nunca fez questão de perguntar se sei ou se não sei. Gosto de conhecer histórias. E de anotar as que vou conhecendo. Tenho meu caderno de capa vermelha, onde registro memórias e pensamentos. Reproduzo os sentimentos depois das reflexões que brotam durante o percorrer dos caminhos. Sei que existe uma doença que some com as lembranças da gente. Deve ser algum bicho que se aloja na cabeça e devora as recordações. Não me assombra a possibilidade de esquecer. Se isso acontecer, nem vou me dar conta. Portanto, não vou sofrer. Eu não sei se essa tal doença é de todo ruim. Remoer pode ser dolorido. Raramente revisito os capítulos de meu caderno, já que me lembro de tudo muito bem. Rememoro o tempo em que viajava no colo de meu pai. Não sei se esquecer é um privilégio do qual poderei desfrutar.

— Limão-siciliano, tomate, espinafre. Um melão grande, dos bem amarelos. Batata-inglesa e batata-baroa pra sopa do jantar. Gengibre. Alho-poró, rabanetes. Endívias. Mas preste atenção, Maria! Na semana passada você escolheu tudo bastante maduro. É claro! Não pagou com o seu dinheiro! Esbanjar o que é dos outros deve ser agradável. Não se pode desperdiçar nada hoje em dia, Maria. Estando tudo assim, pela hora da morte.

Não quero mais ficar, d. Gerda. Não quero, não, viu?

Concentro os pensamentos. No elevador de serviço, perseguindo a sombra das árvores pelas alamedas. Nos últimos quinze anos, compareci ao hortifrúti umas seiscentas vezes. Morreu seu Leonardo, o antigo dono. O filho não quis prosseguir com o negócio. A nova proprietária, uma garota ruiva com sotaque sulista, matraqueia como ela só. Enquanto registra as compras, me conta uma montoeira de coisas e dispara muitas perguntas.

— Deixei de comer carne faz um tempão. Não consumo açúcar também. Como é que se prepara essa flor?

— Alcachofra? É fácil...

A volta é custosa, com o carrinho pesado a reboque. É preciso caminhar devagar, o ar parece que escasseia. Troquei a marca dos cigarros. Adotei os de filtro branco. A patroa nunca implicou com meu cigarrinho. Fuma muito mais que eu. Mas fiscaliza o tanto de margarina que vai no meu pão e a quantidade de café que bebo. Faz as refeições na sala de jantar, mas dá um jeito de ir até a cozinha pesquisar o que estou comendo.

Quase não tenho apetite. Nunca tive, mas de uns tempos para cá o entusiasmo pela comida diminuiu ainda mais. Fico satisfeita com uma porção de arroz, um legume e qualquer misturinha para enxaguar a boca. Sofro há alguns anos com uma azia que me tortura. É como se houvesse uma fogueira em meu estômago, e as fagulhas que se desprendem das labaredas batem nas paredes. Preciso ver o que é isso, mas não dá coragem. Não gosto de ir ao médico.

— Poupe as endívias, Maria. Estão caríssimas.

Poupar significa que endívias não são para o meu bico. Como se eu me importasse. Passo muito bem sem elas.

Gerda nunca reparou na única coisa que desvio da casa. Os livros que moram no escritório do falecido. Cada título tão bom! No quarto de empregada não tem televisão. E eu não faço questão. Leio até pegar no sono. Troquei a lâmpada desmaiada que Gerda fornece para o abajur por outra, que ilumina bem mesmo. É assim que ela se realiza. Certa de que a lâmpada do abajur que fica no quarto de empregada consome pouca energia. Não demonstra a mesma preocupação com os outros cômodos do apartamento. Há um pequeno banheiro no quartinho. O chuveiro é antigo e os furos por onde caem os pingos estão quase todos obstruídos. Reclamei e ela fez ouvido de mercador, satisfeita por saber que pouca água é investida no banho da criada. Trato de trancar a porta todas as noites, para que ela não me surpreenda e para que a claridade não chame sua atenção.

Há dois ou três cativeiros antes de chegar à residência de Gerda, servi a um escritor, que possuía uma biblioteca fantástica. Era um sacrifício resistir ao desejo de manusear os livros, dispostos por assunto. Uma das estantes se destinava exclusivamente aos títulos escritos por ele. E não eram poucos. Alguns até premiados. Os selos e os troféus enfeitavam as paredes, assim como os recortes de jornal que relatavam as conquistas, preservados por belas molduras. Quando ele se sentava para escrever, eu procurava não fazer barulho algum. Me emocionava saber que as palavras estavam nascendo. Ele era Deus operando milagres. Criando mundos. Decidindo destinos. Eu preparava o chá estrambólico que ele tomava aos litros enquanto escrevia, com extrema dedicação. Mantinha a água com gotas de limão que se intercalava ao consumo do chá na temperatura exata que ele apreciava. E sentia que, assim, cooperava com o futuro.

Numa tarde, o escritor se ausentou. Ia conceder uma entrevista e me orientou a fazer a limpeza da biblioteca durante o tempo em que ele estivesse fora. Foi a primeira vez que estive no templo sem que o senhor o rondasse, impaciente, para voltar. Havia um livro aberto sobre a escrivaninha. Eu precisava preservar a ordem dos objetos. Tomei o volume de capa marrom e comecei a folheá-lo. Conservei a fita indicadora no lugar onde estava posicionada. Fui à primeira página e vi a mulher chinesa sentada diante do toucador. Admirava o rosto calmo. Era seu quadragésimo aniversário. Ela procurava comparar a aparência que enxergava refletida com a que vira vinte e quatro anos atrás, no mesmo espelho, no dia de seu casamento. Se preparava para abandonar o convívio conjugal. Planejava uma maneira suave de dar a notícia ao marido, que se mostrava tão apaixonado como na primeira vez em que haviam se visto. A dama chinesa comprou uma concubina para servi-lo. Ela se retiraria de seu aposento, cedendo lugar à jovem. Pretendia dedicar-se aos estudos. Iria se mudar para o pavilhão que, um dia, havia pertencido a seu bondoso sogro, já falecido. Quando a serva Ying abriu a porta do quarto e anunciou que iria escovar os cabelos da ama, ouvi também a porta da sala do apartamento se abrir. Em menos de um minuto o senhor chegou à biblioteca.

— A entrevista foi cancelada.

Não pude desfazer a cena em que me encontrava. Eu estava em pé, com o livro aberto nas mãos.

— Você gosta de livros, Maria?

A pergunta me envolveu como um bálsamo.

— Gosto, sim. E peço desculpas por ter folheado este aqui. Achei a encadernação bem bonita, mas ia manter a posição que o senhor indicou com a fita.

— Se gosta, pode ficar com ele. Eu o utilizei para colher um dado. Estou certo de que há outro idêntico na estante.

— O senhor tem certeza?

— Tenho. Espero que aprecie a leitura. Livros podem despertar diversos sentimentos. Da simpatia ao mais profundo desprezo.

— Acho que vou gostar, sim. Na verdade, já estou gostando. Obrigada!

Eu era jovem. O gesto do patrão fez com que eu me sentisse à vontade. Confessei meu desejo secreto.

— Sonho em escrever um livro. Algum dia.

Explodiu uma risada sonora.

— Não pense nisso, Maria! Como você pode notar, todas as semanas me chegam livros e mais livros pelo correio. Os autores enviam as suas obras, esperançosos de que eu as avalie positivamente e os recomende. Mas creio, Maria, que tudo o que havia de útil para ser escrito já está escrito. Eu teria que viver pelo menos mil anos sendo um leitor voraz, se quisesse conhecer ao menos uma fração insignificante de tudo que existe. São muitos os pretensiosos. A maioria assume um estilo despojado de quem escreve por obediência à vocação. Mas, no íntimo, se sentem injustiçados por não terem a genialidade exaltada. Por não serem descobertos, aclamados. Há escritores medíocres aos bocados, Maria. Mas está cada vez mais difícil encontrar alguém com talento para passar uma camisa do jeito que você passa.

Durante a leitura do romance, comecei a desprezar a protagonista por quem, no início, senti alguma afinidade. A venerável senhora quarentona com pele de pêssego. Tinha a voz semelhante à de um pássaro canoro, mas era incapaz de pentear o próprio cabelo e cravar nele a porcaria de um grampo de prata. Dediquei minha atenção aos trechos em que se desenrolava a rotina miserável da fiel criada, que nem mesmo podia ser considerada figura coadjuvante. Ying ralhava todo o tempo com o gordo marido, cozinheiro-chefe da família, que precisava manter seu avental bem sujo em sinal de competência. Acordava cedo, preparava o banho da senhora, decidia sobre a refeição matinal que agradaria a seu delicado estômago e a cor e o tipo de tecido da roupa que a faria ter um dia ameno. Ying comia talos e rebarbas. E, mesmo que os dias estivessem quentes, vestia o mandrião de algodão pesado, imposto para a criadagem. Em nada me impressionavam as descrições sobre os embates da aristocracia. Elegi Ying como personagem central da trama.

Li em outro volume escrito pela mesma autora que as mulheres chinesas, nos tempos antigos, engoliam seus brincos quando decidiam tirar a própria vida. Ou ameaçavam engoli-los.

De volta ao cativeiro atual:

— Amanhã é dia de faxina, Maria. Quem sabe você encontra as pérolas de mamãe. Falo por falar. Creio que já tomaram destino.

Desde que cheguei à casa, ouço falar nas tais pérolas desaparecidas.

— Os brincos de mamãe sumiram há muito tempo, Maria. Ela estimava demais essa joia. Se você encontrar, me comunique imediatamente. Eu te recompenso.

— Não é preciso me recompensar por encontrar algo que está dentro da sua própria casa. E que pertence à senhora, d. Gerda.

Enquanto tinha forças, a velha Árvada vigiava a limpeza do apartamento. Temia que as empregadas encontrassem os brincos e não os devolvessem. Quando já não conseguia se levantar, exigia que a filha procedesse à fiscalização. Morreu praguejando:

— Ratazanas! São todas ratazanas! Os brincos que ganhei quando me casei. Decerto já foram vendidos. Malditas sejam todas as ratazanas!

Mãe e filha dedicavam tempo desconfiando que estavam sendo roubadas. Uma vez, resgatei do lixo um arranjo de orquídeas que Gerda descartou quando as flores murcharam. Tive pena. A raiz ainda estava viva. Tenho apreço por tudo o que é de raiz. Notei no canteirinho lá de casa, numa ocasião, um temor minguante no pé de manjericão. É envasado. Parecia contrariado no canto onde vivia. Investiguei os momentos em que o sol o visitava e a hora em que a sombra se estabelecia. Troquei o vaso de lugar inúmeras vezes, até perceber felicidade nas folhinhas. No lugar em que se adaptou, seus ramos cresceram sem paradeiro. Deram até flor. Manjericão, quando floresce, é porque já está em idade madura. Fica bonito que só vendo! Salpicado de brancura. Se existe flor preta, desconheço. Penso que havia de ser uma lindeza. Mas as folhas do manjericão florido deixam de ser tenras. A maturidade endurece mesmo.

Em casa, cultivo mudas de ervas, temperos, folhagens e umas poucas flores. Herdei esse jeito de minha avó benzedeira. As mãos dela agradavam até as plantinhas mais melindrosas. Tudo vivia e revivia quando ela lidava, soltando fumaça de cachimbo, salmodiando. Eu a seguia. É interessante acompanhar o processo da germinação. A semente brota, vence a força da terra. Se mostra para o mundo.

Quanto às orquídeas, instalei o arranjo no peitoril da janela do quartinho. Tratei das folhas com pouca esperança, mas não neguei socorro. A temporada foi comprida até chegarem novos botões, como se a planta estivesse ressentida. Mas a segunda florada estourou mais bonita que a primeira. Decidi levar o vaso para casa. E estava saindo pela porta da cozinha no fim de semana de folga quando Gerda me enquadrou:

— Onde é que vai com isso, Maria?

— Presentear a minha irmã, d. Gerda. Ela faz anos hoje.

— Não é o vaso que ganhei da minha sobrinha?

— É o vaso que a senhora jogou no lixo. E que eu retirei dele.

— O lixo que está na minha casa me pertence, Maria. Ponha as flores de volta na sala.

Desde o ocorrido com as orquídeas, passei a me ausentar do apartamento usando uma bolsa pequena para evitar suspeitas de que eu estivesse carregando alguma coisa. O olhar de Gerda é especulador. Ela é muito bisbilhoteira. Enreda as conversas até chegar aonde quer. Nunca tive intimidade para falar de assuntos particulares com ela. Quando Júlio César fez o que fez, pensei em não voltar ao serviço. Adoeci, perdi peso. Não me sentia capaz de acatar ordens nem queria deixar sozinha minha mana, que estava em pior estado. Mas a fantasia de evitar os comentários na vila me seduziu. A ideia de me refugiar no bairro dos bacanas e ser só mais uma Maria, invisível, insignificante, vestindo o uniforme azul-marinho era tentadora. Então, voltei às atividades. Mesmo me arrastando, voltei. Não contei para Gerda nada do que havia acontecido. Mas ela sabia. E me rodeava feito mosca-varejeira. Um dia, enquanto eu me preparava para sair, ela pousou:

— Vai visitar o seu filho, Maria?

— Não, senhora.

— Mas algum dia terá que ir.

— Nunca pisei em chão de cadeia. Não é depois de velha que vou fazer isso.

— Ele matou a esposa. Vai ficar preso por muitos anos.

— Ela não morreu, d. Gerda!

— Mas está em coma, Maria. Acho que não tem mais jeito...

Botei no mundo um indivíduo capaz de tamanha brutalidade. A anomalia saiu de dentro de mim. Formou as carnes em minhas entranhas, se fortaleceu à custa de meu sangue. Com meu suor. Sou cúmplice do crime que ele executou. Antes eu não tivesse parido. O pai dele bem que tentou me impedir.

— Não leve essa gravidez adiante, Nara. Sabe que sou casado e tenho outros filhos. Não pretendo abandonar a minha família. Você vai assumir a responsabilidade sozinha?

— Vou.

Mas sozinha nunca estive. Com a ajuda de minha irmã, criei Júlio César. Moramos juntas toda a vida. Valdumira e eu. Saímos do interior quando nossos pais faleceram. Primeiro mamãe, de um mal nos pulmões. Papai, pouco tempo depois. De solidão, penso. Mira sempre foi enferma. Tarefas pesadas podiam agravar sua condição. Combinamos que ela tomaria conta da casa, enquanto eu ganhava dinheiro para o nosso sustento. Mira engrossava o orçamento com a renda de seus bordados. Cuidava de tudo. Em meus momentos de folga, eu só desejava cultivar meu jardinzinho, ler um pouco e anotar as palavras que me agradavam, alimentando as páginas do caderno vermelho. Até que o sossego se retirou. A barriga avolumando me intimidava. Eu fazia de conta que não, mas tinha vergonha sim. De encarar os vizinhos, as patroas. Na época, além de trabalhar como operária na fábrica de bolachas, eu ainda faxinava mansões.

— Como foi dar uma bola fora dessas, Maria? Se ao menos fosse juntar os trapos com o autor do malfeito...

Era o que eu ouvia com frequência. Mas nada se comparava ao que sentia na presença de minha irmã. Eu quis afrontar o pai de Júlio e, quando dei fé, a afronta tomava forma em meu corpo. Fiquei indecisa sobre o que dizer a Valdumira, que bem poderia se chamar Pureza. Quando éramos mais moças, ela nunca me acompanhou para dar uma paquerada ou dançar num bailinho. Seu único vício é o cigarro, mas não admite. Diz que fuma por esporte, o que não é verdade. Valdumira troca de bom grado o almoço pelo pito. E acho que isso é o que mais a aproxima de parecer mortal. A mulher não toma um aperitivo, não fala mal de um vizinho. Não ralha com cachorro abusado. Não liga para carne, nem faz questão de banho quente. Não xinga palavra feia nem se meter o dedo numa pedra. Comunga de quinze em quinze dias. Guarda a quaresma inteirinha e, na Sexta-Feira Santa, veste preto para visitar o corpo de Nosso Senhor morto na igreja. Nem sei como não inventou de se enclausurar num convento. Eu fico me perguntando o que faz neste mundo. Ela, sim, deve ter uma moldura de luz que só os puros enxergam.

Meus encontros eram secretos. Eu simplesmente surgi esperando um filho. Mira nunca fez pergunta alguma. Nunca me condenou ou criticou abertamente. Amparou os primeiros enjoos, reforçou minha alimentação. Adaptava roupas conforme a barriga espichava. Começou a preparar o enxoval voluntariamente. Eu preferia que ela tivesse me inquirido, demonstrado indignação, exigido explicações. Que desse motivos para eu me sentir acuada, algo que justificasse um sumiço ou mesmo uma partida dramática. Mas Valdumira só aboliu o uso de cominho, e eu parei de esverdear ao sentir o cheiro de carne cozinhando. Apenas introduziu a obrigatoriedade de uma xícara de camomila em infusão todas as noites, antes de eu me deitar. Só se sentou ao sol e construiu barrados em volta de grandes quadrados de flanela estampada. Sua placidez habitual de aia dedicada me castigava. Seu silêncio de governanta fiel. Discreta. Inatingível. Passei a desejar que o tempo voltasse e eu nunca tivesse ido à festa de fim de ano na fábrica, com Doroteia. Nem ao maldito encontro naquela tarde, em que eu podia ter me sentado em frente ao portão, para admirar a reinação da molecada. Saboreando cenas, enquanto Mira tecia uma toalha para doar ao bazar de caridade. Compartilharíamos recordações sobre a infância. Sobre o passado.

— Se lembra que a Siá Gumercinda do armazém Flores tinha uma pinta bem dentro do olho direito?

— Parecia sangue pisado!

— E que o seu Andrade Padeiro dormia na missa e roncava alto feito motocicleta?

— O padre Getúlio mandava o sacristão Zazá cutucar o seu Andrade. Um dia, o pobre acordou assustado e berrou em latim.

— E o seu Nabuco, proprietário da loja Colibri? Passava o dia todo no caixa, usando óculos escuros, não importava o horário. Nem se chovia ou fazia sol. Almoçava de óculos escuros. Cochilava de óculos escuros. Não tirava os óculos nem pra ir no banheiro.

— A mulher dele ralhava. A filha morria de vergonha. Mas o seu Nabuco, nem te ligo.

— Ah! Morreram todos.

— Que Deus tenha todos eles em bom lugar!

Relembraríamos o bom gênio de nosso pai, a aparente rudeza de mamãe e a generosidade de nossa pequena avó. Quem sabe, se nunca tivéssemos abandonado nossa terra, eu pudesse ter sido sempre Mariinha, como me chamavam meus mais velhos. Sentada à sombra do abacateiro. Quem sabe, morria cedo e pairava saudosa. Bem falada, com fama de boa pessoa. Sem conhecer o que é mágoa. Sem nunca sentir rancor. Levando só meu bocado de tristeza. Tristeza, nem que seja um pouco, a gente já nasce carregando. Para usar em alguma parte da trajetória que nos é imposta.

A única coisa que me enternecia e abrandava o peso do embaraço era observar as menininhas e seus gracejos. Passavam por mim as pequeninas cobertas de cor-de-rosa e eu suspirava. Tão delicadas. Envolvidas em babados e laços de fita. A ternura que eu sentia ao imaginar diferentes penteados para minha sonhada filha e os vestidinhos que Mira bordaria para ela me adoçavam. Eu namorava sapatilhas de pulseirinha envernizadas nas vitrines. E pesquisava preços de brincos de ouro. Comprei uma boneca com grossas tranças de lã numa loja do Centro. Chegando em casa, coloquei-a junto das peças que se acumulavam na gaveta que reservamos para acomodar os pertences do bebê. Mira ficou espantada.

— Mas... e se for um menino?

Garanti que não seria.

Sinto o ventre aumentar quando me lembro de que Júlio César esteve hospedado nele um dia, se preparando para vir ao mundo. Para fazer o que fez. Parece que foi a única incumbência delegada à sua estadia neste planeta. Não consigo apontar um momento na passagem de Júlio que me faça cogitar a hipótese de um impulso, uma inconsciência. Nenhum episódio que me leve a imaginar que poderia ter sido de outra maneira. Eu gostaria de não ter sido a estufa que o recebeu. Que o fortaleceu e abrigou.

Se eu não tivesse obedecido aos meus rompantes, Júlio César não existiria. Regina se casaria com alguém que a amasse realmente. Julinha teria outra família. Outro rosto, outro nome. Poderia ter sido filha de Lamartine, neta de Doroteia. Aparentada do povo de seu Genuíno. Seria feliz, que eu sei. Lamartine era encantado por Regininha. Por ela, seria capaz de desistir dos estudos no exterior, contrariando a vontade da mãe. Por ela, abriria mão do futuro promissor. Mas, apesar de todas as pistas que ele deu sobre seus sentimentos, Regina nunca agiu como se correspondesse. O jeito impetuoso de Júlio César causou nela um misturado de sujeição e curiosidade. Regina... tão miúda... Júlio a via como um brinquedo. Um brinquedo que desejava guardar só para si. Quando cismou, deu para rondar o portão da maloca, esperando por ela. No começo, os futriqueiros se cutucavam e comentavam sobre o novo casal. Mas o tempo passa, e outros acontecimentos se tornaram novidade. O passado é produzido todos os dias. Se habituaram. Menos Lamartine, que se sentia doído quando cruzava com os dois andando de mãos dadas. Baixava a cabeça. Cumprimentava encabulado. Como é que Regina não percebia? Lamartine recendia paixão. Mesmo quando ela era apelidada nanica e anã de jardim pela turminha da rua. Quando nem sonhava em ter atrativos, ele já a defendia. Júlio nunca a notara. De uma hora para outra foi que passou a demonstrar interesse, enfeitiçado pelo busto discreto, pela cintura delgada. Lamartine gostava de Regininha desde quando ela exibia a falha frontal pela perda dos dentes de leite e as duas tranças grossas com fios arrepiados. Desiludido por vê-la comprometida, deixou de lado as dúvidas e inseguranças que tinha e iniciou os preparativos para a viagem ao exterior, que o avô paterno insistia em patrocinar para que ele pudesse estudar.

Doroteia nunca escondeu que tinha um pé atrás com Júlio César. Nunca. Disfarçava por minha causa, mas sei que nutria por ele uma espécie de antipatia.

Houve um tempo em que, aos sábados, chovia mulher à porta de Doroteia. Todas querendo ajeitar o *telhado*. Auxiliada pelas irmãs, ela oferecia suas habilidades numa espécie de salão improvisado. Tingia fios com tablete Santo Antônio, aplicava Henê, enrolava bobes e alisava a ferro. Dolores executava ajustes e reformas em peças de vestuário. As freguesas saíam penteadas e garantiam que seus modelitos se assentassem perfeitamente ao corpo. Dinorá, que antes de se perder dentro de si mesma trabalhava de babá, fazia bico como manicure, mas não dava conta da demanda. Dividia a clientela com Ermelina, uma chegada que, além de vender cafezinho na feira, captava mais algum, agenciada por Teteia e seu espírito empreendedor.

Um dia, terminei de aprontar as unhas e, quando ia me retirando, escutei uma raspa de conversa entre Teteia e Dolores.

— Olha, lá, Dolorinha. Ele agora deu pra ficar plantado na porta da maloca. Não vou com o jeito desse fulano. Sempre foi esquisitão. Desde pequeno. Tem um tipo soturno que não me agrada.

— Apois, Teteia! Deixe de ser implicante. O Júlio César é bom menino. Ouvi dizer que tá enrabichado pela Regininha. Vai ver, espera por ela.

— O Lamartine também anda arrastando asa praquela caniço, que não dá colher pra ele. Deve estar cega ou louca, pra preferir esse tipo mal-encarado. Apois! A Narinha é minha amiga, mas não adianta. Esse filho dela não me desce nem com manteiga. Se bem que, se a outra lá decidir ficar com o brucutu, sou obrigada a reconhecer um favor que ele me faz. Lamartine é novo demais pra se amarrar. Ainda mais com uma tontinha daquele tipo. Prefiro que siga com os estudos. Quando for mais velho, vai poder conhecer melhor partido.

— Você é muito da metida a besta, isso sim, Doroteia. Não se livra dessa mania de achar que o Lamartine vale mais que os outros. Só porque tem cara de japonês. As crianças foram criadas juntas, debaixo do nosso queixo, comendo na mesma panela.

— Apois!

— É isso mesmo!

Busquei dentro de mim um punhado de indignação maternal que fosse. Um abalo que me levasse a tirar satisfação com Doroteia, defender meu filho, romper com ela. Não encontrei. Atravessei entre as duas como se nada tivesse ouvido. Procurei me convencer de que Teteia não passava de uma falastrona, implicante.

Na verdade, Valdumira e eu fazíamos gosto do namoro. Zildete, a mãe de Regina, a princípio, também. Júlio aparentava ser ajuizado. Pouco dado aos estudos, abandonou a escola no curso ginasial, mas conseguiu emprego como aprendiz na marcenaria grande da avenida. E Regininha? A ideia de ter sua companhia nos encantou. Regina foi sempre delicada.

Franzina, sonhadora. Queria se casar e ter filhos. Desejava experimentar o amor. Confessou um dia que, na infância, temia nunca ser cortejada. Se achava miúda e corriqueira. Então, Júlio César apareceu. Lamartine, cuidadoso e comedido, não se fez entender. Júlio botava os olhos naquilo que o apetecia e se impunha. Desde pequeno, quando encasquetava desejando algo, cirandava ao redor de Valdumira. Se agarrava às suas pernas e escondia a cara no pano de sua saia. Exigia que ela se abaixasse e cochichava em seu ouvido:

— Quero isso. Quero aquilo!

Valdumira jamais desconsiderava as vontades de Júlio. Comigo, ele agia de outra maneira. Pedia com certa reverência para que eu adquirisse algo que cobiçava. Quando fosse possível, por favor, obrigado.

A chegada de nossa vizinha Juraci me despertou do transe em que mergulhei, alheia à polvorosa que se tornou o cenário enquanto eu meditava. O salão estava repleto. Carregando um vasinho de crisântemos, Juraci, que é casada com Genival Quebra-Galho, cumprimentou a todos com admirável gentileza. Beijou as mãos de d. Fina e de tia Bê. Me abraçou como quem quer transmitir calor.

— A bênção, minhas tias!

Elas a abençoaram, emocionadas com a deferência.

— Tia Bê, como é que vai a Kátia Cristina?

— Ah, filha... A Kátia está nos dias. Não passa dessa semana. A barriga tá baixa e a lua vira amanhã.

— Juntei duas sacolas com roupinhas pro nenê. Coisas muito boas que não servem mais pra neta da minha patroa. Tudo lavadinho e dobrado com capricho. Levo na sua casa no meu dia de folga, quando voltar do sacolão. Precisa de alguma coisa?

— De nada, não, fia. Sossegue!

Kátia Cristina não tem dezoito anos. Saiu de casa ainda aos catorze, atraída por um boa-vida metido a sedutor, que já viveu com outras mulheres e tem muitos filhos espalhados por aí. Ninguém segurou quando Katita decidiu que debandava. Tão bonita... bugre, de covinhas no rosto. Os cabelos pretos escorridos pelos ombros. Lisos feito os de Jurema. Jurema, que aqueles malditos mataram sem piedade. Cuidada com tanto zelo. A única menina num time de sete rapazes. Companheirinha de tia Bê, faceira, jeitosa com tudo. Penteava os cabelos das preticas do morro. Formava fila na porta da casa em tarde de sábado. Jurema tinha uma paciência que só vendo. Passava mistura de álcool com cravo nas cabecinhas perdidas de piolho. Amarrava fralda branca e mandava passearem um bocadinho. Depois, retirava os panos que ficavam coalhados de cadáveres. Passava o pente-fino, afogava no balde aquele horror de lêndeas. Então, enxaguava os fios tratados na biquinha e os trançava com espantosa agilidade. Parecia brincar de boneca. Até que chegou Nanquim. Circundou a casa. Cortejou Jurema. Respeitoso, pediu permissão para namorar com ela. E tia Bê concedeu. Era moço de família, filho do pastor Sebastião. Trabalhava na olaria, mas o ofício era pesado. Aconteceu de oferecerem a ele uma quantia, em certa ocasião, em troca de que realizasse umas operações. Jurema estava grávida de Kátia Cristina. Precisava comprar berço, roupinhas... ele aceitou a incumbência. E tomou gosto pelo dinheiro que chegava sem suor. Se enterrou até o pescoço. Teve um dia em que foi escalado para uma correria das grandes. Transporte. Caguetaram. Troca de tiros. Deram baixa no Nanquim. Jurema ficou sozinha com quatro pequenos. Além de Kátia, vieram os gêmeos. Em seguida o caçula, que não tinha nem um ano quando tudo aconteceu. Eles a encurralaram, assegurando que Nanquim era guardador de uma grande quantia que devia ser repartida. Jurema tinha de passar a fita, abrir a boca e contar onde o marido havia enrustido a grana. Ela jurava que não sabia. Amargava um perrengue sem fim com os bacuris. Se soubesse onde estava o tal dinheiro, não permitiria que a família sofresse tanta privação. Não acreditaram nela. Deram prazo. Findo o período estipulado, invadiram o barraco. Foi crivada de bala na frente da mãe e dos garotos. Tia Bê tentou impedir a covardia. Levou um tiro no braço. Nem sentiu a dor. Segurou Jurema. Sacudiu. Gritou para ela ficar. Jurema não deu conta.

Tia seguiu o baile. Os netos reclamavam fome, sede. Calor e frio. Ninguém por eles, além dela. Por pouco aniquilada, quando pensava em se entregar, via um dos bichinhos abrir a boca, feito pássaro filhote, à espera de alimento. O jeito era correr atrás. Recebeu colaborações no começo. A consternação foi geral. Só que a novidade esfriou.

A torneira pinga, mas não seca. O pastor ajuda os netos, mas a contribuição é pequena. Tia Bê tomou emprestado um carrinho e passou a ir para a rua toda madrugada revirar lixo, acumular papelão. Livra uma coisinha ou outra. Conta com a cesta básica doada pela paróquia. Leite, retira na associação do terreiro de candomblé. A molecada está crescendo. O caçulinha não fala. Os médicos tentam descobrir se há alguma lesão no ouvido que o impede de reproduzir sons ou se o problema é outro. Ele estava no colo de Jurema na hora em que a derrubaram. Os gêmeos devem ter uns treze anos. Um deles fugiu de casa. Dizem que perambula pelas ruas do centro da cidade. O outro auxilia a avó com a reciclagem e ajuda a olhar o irmãozinho. E Kátia Cristina, enrolada com o tal Edivan Bigode-Doce, carcará de uma figa.

Tia Bê desce o morro todos os dias. Para levar o neto à escola ou para realizar algum de seus negócios. O pito baila no canto da boca, mesmo que falte fumo. Chinelinho gasto, remendado de arame. A saia desbotada um pouco tristonha. Ninguém conhece uma fração do que vai dentro dela. A meninada, de olho nos quadrados que vacilam na imensidão azul, nos peões, na bola murcha, violentada de tanta bicuda, não presta atenção na tia cansada. Que pisa o mesmo chão. Já li variadas cenas do romance de sua vida. Fechando os olhos, posso descrever um trecho trivial:

Na porta do colégio, inserida na multidão, ninguém repara em seus olhos quietos de observação. No caixa da birosca, abre a bolsinha, mimo de campanha política, com o nome do candidato a vereador já apagado. As promessas que o homem fez no palanque improvisado também se desfizeram. Conta devagar as moedas para a paga do quilo de açúcar. Uma mocinha aguarda na fila e se impacienta, doida para acertar sua compra, ganhar a rua. E a tia, empatando, em sua irritante vagareza.

A subida do morro é feito súplica. Um moleque de cambitos compridos a ultrapassa. Num instante, alcança o pico. Se transforma numa mancha longínqua, enquanto ela investe os primeiros passos na missão.

Fora de seu mundo, d. Bernarda passa quase desapercebida, dentro do surrado figurino. No morro é considerada, mas, no plano baixo, não há quem note seu caminhar. Não passa de uma idosa em derrocada. Personagem esquecido. Figurante. Como se seus olhos nunca tivessem brilhado, livres da cortina embaçada e visguenta que carregam agora. Como se a pele tivesse sido sempre vincada. E os músculos moles.

Alcança o pico. No quintalzinho, examina o cercado de chuchu. Só folha. Nem um mirrado temporão. Tomba o açúcar na lata. O netinho prefere leite adoçado ou com chocolate, mas, quando não tem jeito, engole puro mesmo e não reclama. Ao menos, almoça na escola. Um auxílio precioso. Será que se lembra da mãe? Sente saudades? Nem sabe contar. Mas sabe esfregar a barriguinha quando está vazia. Fome dói mais que saudade.

Tia enche a caneca com chá de cidreira. Pó de café que é bom, dura pouco. Se assenta no banco de toco que fica no terracinho e confere o céu. De vez em quando, se lembra de seu homem favorito. O pai de Jurema. Por onde será que anda? Vai ver, até já morreu. Dos outros dois, tem certeza. Enterrados no mesmo cemitério. A viagem passa depressa. Um dia, se deu conta das pernas invadidas por varizes. Dos cabelos rareando. O lábio sumindo.

Juraci aparece trazendo as roupinhas para o bebê de Katita e umas coisas do sacolão. Um corte de fumo, um quartinho de café.

— Ai, filha. Que Ogum te guarde!

— Ele guarda.

Tia remexe os pacotes, se rindo. Sem nem notar, bota água para ferver e vai picando o tesouro para encher o cachimbinho. Moela, cisqueiro. Dois tomates. Dentinho de alho embrulhado no guardanapo. Um punhado de colorau, uma cebola. Ai, ai. Tinha coentro no canteiro e meio pimentão na geladeira. No fundo da sacola, encontra um saquinho de quiabo miúdo. Juraci a enxerga. E a escuta. Mesmo quando ela não diz nada.

— Dá aqui a carteirinha do moleque, nega véia. Bota as panelas no fogo que eu apanho o pequeno na escola. O Genival mandou avisar que passa aqui na volta do biscate pra destruir umas patinhas. Garante que ninguém prepara cisqueiro como a senhora, o puxa-saco.

Tia Bê se alvoroça. Juraci gosta de angu bem mole. A moela tem de ser tratada. Os cisqueirinhos, afeventados antes do tempero. Avalia o peso do botijão. Conclui que leva uns dias para secar. Liga o rádio e corre no banheiro. Ajeita o cabelo, aplica atrás das orelhas um dedinho de colônia. Ia receber visitas para a janta. Que gostoso! A dignidade perfuma o barraco. Cheira a pé de frango ensopado e moela afogadinha com quiabo.

— *Mãe! Quero participar das aulas de catecismo. Começam no sábado. A Bigu e a Regininha também vão. Precisa conversar com o padre. E também precisa ter padrinhos. A senhora nunca me contou quem são os meus.*

— *Você não pode participar dessas aulas, moça.*

— *Por que não, mãe? Tem nem que pagar nem nada.*

— *Porque não somos católicas. E catecismo é pra quem é católico.*

— *Mas, mãe... e se eu morrer? Não vou pro céu? Nem a senhora?*

— *Quem foi que te disse isso?*

— *Foi a Bigu. O avô dela contou.*

— *Existem diversos céus, Cassiana. O céu pra onde a gente vai não exige aulas de catecismo.*

— *E precisa de que pra entrar lá, então?*

— *Precisa ser bom, minha moça. Não querer nem fazer mal a ninguém.*

— *Mas eu queria ir no catecismo assim mesmo, mãe. Não deve fazer diferença. É na igreja. E a igreja é pra todos.*

— *Igreja não é lugar pra bastardos. Quando você nasceu, fui bater na porta do padre pra saber como é que fazia pra te batizar. Sempre ouvi dizer que criança que morre pagã não vai pro céu. E você era um cisco. Miudinha de tudo. Ele perguntou o meu nome. Respondi: Altamiranda. Perguntou se eu estava sozinha e foi logo dizendo que, pra fazer a inscrição pro seu batismo, eu precisava comparecer na companhia do meu marido. Respondi que não era casada. O padre me mandou voltar depois de casar e ter um documento que comprovasse o casamento. Ele não sabia que o teu pai já era casado com outra. Que me prometeu tanta coisa, mas quando soube que eu te esperava, sumiu do meu caminho. Uns meses depois da minha visita ao padre, você teve uma febre. Amoleceu nos meus braços. Revirou os olhos. Era a morte te rondando. Desesperei. A gente já morava aqui, no morro. Só nós duas. O meu pai me expulsou de casa assim que a minha barriga apontou. O único jeito foi me instalar na favela, recebendo uma ajuda aqui, outra ali. Quando encostei a cabeça na tua testinha e senti aquela quentura, pedi a Deus pra que te salvasse. Mas lembrei que, segundo o santo padre, aquele Deus dele não te queria. Fui pra rua desatinada, com você nos braços. O hospital era longe demais. Entrei numa viela. Ventava como eu nunca tinha visto. Passei por um escadão. Lá embaixo, num abismo, avistei uma luz fraca. Ouvi cantoria e desci numa carreira. A porta estava aberta. Foi onde encontrei auxílio. Uma mulher te tomou do meu colo e outra me amparou. Durante uma semana, acolheram a gente. Até que você se fortaleceu. O perigo passou. Mãe Cema e Siá Rosália, Cassiana. Me disseram que o dia em que a febre te tomou era consagrado a santa Bárbara, que é Iansã. Senhora da ventania. E que a ela clamaram pra que te acudisse. Te envolveram num manto vermelho. Assim que eu soube, pedi pra que Iansã te batizasse. Ela é que é a tua madrinha, Cassiana. A minha comadre, a quem tenho recorrido quando carecemos de auxílio.*

Niquita passou por nós, arrastando os dois filhos para que se despedissem do avô. Mulher do Bolão, mantém a banca de verduras pegada à porta da birosca. Branca Niquita foi repudiada pela família quando se enamorou do pobretão. Trabalhadeira que só ela, se levanta muito cedo. Busca suprimentos para revenda, enquanto o malandro repousa em berço esplêndido. A paixão não é boa companheira. Bolão aprecia a vida mansa. Certo é que leva a sério seus negócios. Para ser curador no bicho, é recomendável ter um pouco de amor à pele. Mas, encerrado o expediente, prestadas as devidas contas ao banqueiro, o compromisso dele é com as amantes. A mesa de veludo e as cartas de baralho. Eventualmente, pedras de dominó. Prefere jogar à vera, esperançoso de enriquecer, mas aceita desafio na descontração. A contravenção vira bem para os comandantes. Soldado raso como ele leva mixaria.

Mas Niquita dá em cima. Captura a féria, deixa poucos trocados para ele torrar com as rivais. Faz questão de garantir os estudos dos filhos. Não quer que eles se transformem em jericos feito o pai. Nem que se moam de tanto trabalhar. Como a mãe. Planeja carreiras respeitáveis para os molengões. Espera que se tornem doutores endinheirados. Os dois bobocas lembram pimentões vermelhos. Redondos. Oleosos. Calçados eternamente em botinas horrorosas, que Niquita adquire em número muito maior para que acompanhem os pés em constante desenvolvimento. As infelizes só descansam durante as férias escolares, quando são substituídas por chinelões de borracha. No colo de seu Dito Sapateiro, têm os rombos suturados e as solas reforçadas. Dolores reforma os uniformes estreitinhos até não poder mais. Vai descendo as barras das calças, botando remendo nos joelhos, aumentando os punhos dos blusões. Mas os moleques engordam e, quanto a isso, nada pode ser feito. Niquita os traz à base de feijão, costela e fubá. Sustância para os ossos, tutano para os cérebros. No colégio, os coitados são motivo de chacota por causa das calças agarradinhas, sempre a um triz de estourarem.

Pela manhã, a birosca recebe carga de pão. Perto do meio-dia, o movimento é alto. Meninas solicitam meia dúzia de ovos, arroz a granel, quartos de feijão.

Depois do almoço, Osney faz questão de um cochilo digestivo. Bolão também cola as pestanas, enrustido na cabine, e até Niquita cobre os artigos com uma toalha úmida e vai cuidar de outras obrigações. Nessas horas, o armazém do Bigode, que fica no pé do morro, é escape. O ambiente é um tanto inóspito e Bigode não é benquisto. Mas mantém caderneta de fiação, o que atrai a freguesia.

Por volta das três horas, a porta se levanta de novo e tem início o turno da curriola. O bom Preto Taquera se achega. Toma seu assento, reservado à mesa amarela da esquerda, onde passou boa parte da jornada cavaqueando com o companheiro Genuíno. Pernas cruzadas, sapatos impecavelmente engraxados. A eterna calça de risca marrom e a clássica boina xadrez. Maço e fósforos armazenados no bolsinho das bem passadas camisas. Ninguém o diz octogenário.

A coqueluche do bote é servida no balcão. As estrelas são as fichas de sinuca. A coletividade se reúne para assistir às partidas. Uns pares de olhos grudam na tela embaçada da TV em preto e branco, que Osney mantém ligada no horário da reprise de novelas, dos jornais locais e campeonatos de futebol. Há momentos em que prefere deixar o entretenimento extra por conta do radião, que chia como tórax de asmático.

O senhorio italiano abandona seu posto no observatório e comparece para analisar as jogadas. Aproveita para sondar se algum inquilino devedor investe dinheiro em apostas. Das dez da noite em diante, Osney suspende a aquisição de fichas. É difícil convencer Bolão a deixar seus afetos. Niquita, espumando pelas ventas, passa a mão numa vassoura e invade o recinto.

— Mete a viola no saco e se escafede, imprestável! Trata de descarregar a barraca e deixa de simpatias com a vadiagem. Pedaço de asno! Ainda esqueço a minha devoção e te desço uns bons sopapos. Cão sarnento!

Em solidariedade ao companheiro, os outros malandros saem de fino. Preto Taquera se ri. Gaba-se do gênio manso de sua senhora. Ultimamente, uma cadeira se mantinha desocupada junto à mesa amarela da esquerda. Agora, sabemos que permanecerá vazia.

O pessoal costuma fazer rateio para incrementar o almoço domingueiro. Alguns juntam as panelas. Improvisam mesas com cavaletes e tábuas e depositam suas porções. O colorido das macarronadas e batatadas com maionese, das penosas preparadas assadas ou em ensopado e das folhagens de qualidade variada enchem os olhos. Meninada vai e vem. Carregam embrulhos, sorriem orgulhosas dos tesouros que enriquecem a refeição nobre. Ostentam garrafas de tubaína transportadas como troféus de Copa do Mundo. Se agarram com gomos de calabresa. Fatias de toucinho brilham como diamantes. Pacotinhos de queijo ralado são saquinhos de ouro em pó. Mulheres negociam pés de alface e maços de coentro no carrinho de Niquita. Pandeiros, tamborins, cuícas e cavacos trabalham nas rodas de samba pelas esquinas. Moleques circulam à procura de biscates. Uns se oferecem para carregar sacolas. Outros possuem carrinhos de madeira que comportam volumes e fazem carreto. Ocasião para salvar algum centavo. Criança pobre também tem vontade de ir ao cinema e comer pipoca. Tomar sorvete, brincar na roda-gigante. Regatear pelo parquinho da avenida Pontes.

Desembarcou um bocado de gente nova na Cachorra. A favela nasce no final de nossa rua e é como se fizesse parte dela. Está abarrotada. Não há mais onde construir barraco, a necessidade de intervenção é urgente. A liderança se reuniu para ajeitar uma maneira de acomodar os necessitados, que vieram de outro confim, fugindo da enchente, dos alagamentos. Tia Bê procura auxiliar os recém-chegados. Acolhe as crianças, enquanto o pessoal se vira para erguer os casebres onde novos lares vão nascer. D. Fina prepara refeições para os que estão alojados na quadra da escola. Juraci angariou uma porção de coisas lá com os ricaços do edifício onde trabalha. Infelizmente, com Gerda não se pode contar. A mulher não se compadece de ninguém, nada a põe comovida. Além de não colaborar, é capaz de enumerar uma série de motivos que considera justos para se abster.

— Por que essa gente se amontoa em áreas evidentemente de risco? Por que é que têm tantos filhos se não podem alimentá-los nem vesti-los? — Parece que a ouço discursar em seu costumeiro tom presunçoso.

Valdumira investigou as bugigangas que acumulou pela vida, em busca de utilidades que pudessem acudir os que já tinham pouco e ficaram sem nada. É um ensaio de consolo para mim, vê-la embalada por outra ocupação que não seja pensar em Júlio César. Fazia tempo que eu não a flagrava entretida. Enquanto vasculhava os guardados, quase que gargalhou. Ela estava havia bastante tempo acocorada, com a cabeça metida debaixo da pia, caçando a tampa de uma panela que servisse para outra, desprovida de cobertura. Tratava-se de um papeiro de ágata, que eu mesma escolhi quando Júlio César nasceu. Já andava desgastado, as beiradas lascadas de muitas quedas, o esmalte machucado. Valdumira com frequência cisma de usá--lo para isso e aquilo.

Há alguns anos, comprei para a nossa cozinha um conjunto de panelas de bom alumínio. Assim começou nossa amizade com seu Bartolomeu Corneteiro. De verdade, a amizade dele sempre foi maior por Valdumira. Seu Bartolomeu anda vendendo gêneros de porta em porta. Levei alguns meses pagando as prestações firmadas num cartão improvisado onde ele garatujou meu nome, seguido do valor de cada parcela a ser honrada. Todo início de mês, no primeiro sábado, seu Bartolomeu batia palmas pelas onze horas, a fim de receber o combinado. Mira o fazia entrar e se sentar no alpendre. Oferecia água e um guardanapo para que secasse a testa cavada e o pescoço. Não me lembro nunca de tê-lo visto vestindo outro traje que não a empapada camisa de manga comprida amarrotada, que teima em usar mesmo debaixo de calorão. Quando se restabelecia, mana lhe servia um prato de comida e ele devorava tudinho, sentado no degrau. Ela preparava umas iscas de fígado acebolado, acompanhadas de polenta mole. O pobre não dava conta de se levantar, elogiando o tempero caprichado de Mira. Cochilava sentado mesmo, com a cumbuquinha no colo. Demorava a despertar.

Quando paguei a última parcela do conjunto de panelas, seu Bartolomeu Corneteiro recebeu o dinheiro com ressalvas. Resmungou, com jeito de cachorro magro.

— Vai ficar com mais alguma peça, Sá Narinha? Veja essa colcha de algodãozinho. Uma beleza pros dias quentes! Deu uma olhada no jarro grande, de servir refresco? Pra senhora, tudo sai com um generoso desconto, uma vez que a vossa irmã me trata com grande cortesia.

Respondi tomada de comiseração, mas não nego que a circunstância me divertiu:

— Agradeço, mas não estamos precisando de nada. Além do mais, a minha irmã tem o mau costume de muquear as coisas novas e continuar utilizando velharias. As panelas que comprei na sua mão estão socadas debaixo da cama, na embalagem.

— Sendo assim, apareço de vez em quando pra saber se alguma novidade pode ser interessante. Vou deixar essa folhinha do Atacado Reis como brinde. Os números são graúdos, bons de consultar. E as paisagens das fotografias enchem os olhos.

Desde então, seu Bartolomeu se achega, de quando em quando, para demonstrar suas peças. Retira uma por uma do bolsão e as expõe sobre o murinho, enquanto narra as vantagens e utilidades, garantindo a qualidade de todas elas. Valdumira nunca foi dada a contrair dívidas de porta. Mas seu Corneteiro a deixa em ponto de ficar lelé da cuca. Tanto fez que, um dia, a convenceu da aquisição de um relógio de parede com a imagem da padroeira utilizada como fundo. E se encarregou de pendurá-lo no lugar em que ela indicou. Parcelou o montante em infinitas prestações. Tem para lá de muito tempo que ele cisca por aqui, com a desculpa de abater um tantinho do saldo devedor. Quando vem, almoça, conta as notícias que pesca nos arredores, tira seu cochilinho. Faz hora para se retirar. Presenteia Mira com muitas das prendas que recolhe em suas andanças. Aceita barganhas no pagamento, quando o freguês se declara impossibilitado de quitar o débito em espécie. Já apareceu por aqui carregando uma lebre, gorda feito um leitão, querendo deixá-la sob a tutela de Valdumira, que se benzeu apavorada. Não foi com a fuça da orelhuda. Além do mais, ia fazer o que com a bicha? Mana ficou que nem bombinha. Seu Bartolomeu se escafedeu com a lebre, sabe-se lá para onde. Mas não se emenda em seu vício de negociante. Prefere carregar qualquer inutilidade a se sentir logrado.

Adquiriu a alcunha de Corneteiro quando determinou o pagamento de umas cortinas que vendeu para uma dona na maloca. A mulher choramingava sempre que ele lhe cobrava a promissória. Alegava falta de condições para saldar a dívida, arranjada, segundo ela, antes do marido fugir com a vizinha. Seu Bartolomeu procura não se envolver emocionalmente com os imprevistos relatados pela clientela.

— Desse modo, a madame, então, me devolve o cortinado.

A "caloteira" recusou-se terminantemente.

— E como fica a minha janela? Pelada? Isso é que não pode ser! O senhor vai passando. Com fé em Deus, a solução aparece.

— Assim não é possível! Veja ao menos se não tem alguma coisa na sua casa com que a gente possa negociar, em troca do bom produto que lhe confiei, pelo qual a madame não honrou nem mesmo a primeira prestação.

A mulher se defendeu, humilhada.

— Não tive culpa! Não tive. Quando é que eu ia imaginar que o desalmado ia se picar com a traiçoeira que se dizia minha amiga? Ele levou as roupas todas dentro da mala que me pertencia. Até as toalhas de banho sumiram. Acho que não teve tempo de arrancar o cortinado, senão nem isso sobrava. Largou aí o raio da corneta pela qual dizia ter apreço, por ser herança do seu avô. O senhor pode levar a corneta.

— E pra que há de me servir o diabo de uma corneta?

— E eu é que sei? Mas se ficar com ela é um favor. Toda vez que olho pra bendita, tenho vontade de botar fogo no mundo.

A choradeira era uma aporrinhação.

— Passe a corneta pra cá, dona. Fico com ela e não falamos mais nisso.

Antes, quando ele dobrava a esquina de cada rua, se anunciava gritando: "Mascate! Mascate!". Depois da barganha, passou a cornetear.

Impossibilitado de comprar joias valiosas para mimosear Valdumira, enchia a fruteira de manguinhas ouro e bananas-prata.

Rematei esses pensamentos enquanto minha irmã se aventurava na escuridão, debaixo da pia, atrás de uma tampa que contemplasse o papeiro. Uma lembrança de meninice, adormecida em botão, desabrochou nas terras de meu pensamento. Vicentinho. Valdumira nunca confessou que gostava dele. Claro que não. Mas eu notava os olhos dela se arregalando quando Vicentinho passava na magrela de entregar pão. Mamãe pedia a ela para que fosse à calçada apresentar a moeda e apanhar nossas duas bengalas diárias, uma para o café da manhã, outra para o da tarde. Mira sempre foi obediente, mas se recusava a ir. Ficava espiando da janela. Quem ia ter com Vicentinho era eu. Acho que ela se envergonhava. Vicentinho quando estava sozinho era um, mas no meio da molecada entrava na troça se os pestes dos comparsas achavam de implicar com Valdumira.

Crescemos todos. Os tempos de azucrinação terminaram, ao menos declaradamente. Mira desviava de todo possível encontro com Vicentinho. Uma vez, se sentaram no mesmo banco durante a missa de Páscoa. À noite, ela teve febre.

Vicentinho ficou noivo de Zuleica, uma pretinha bonita, filha de d. Araci Doceira. Mas não chegaram a se casar. Zuleica morreu afogada no açude. Uma morte besta e muito mal explicada, já que ela nadava desde menina.

Viemos embora para a cidade e soubemos mais tarde que Vicentinho acabou se casando com outra. Nunca notei interesse da parte de Valdumira por qualquer pessoa. Amolo sua paciência afirmando que seu Genuíno carregou sempre um bonde por ela. E o Corneteiro também. Ela fica encrespada feito galo de briga. Manda eu caçar o que fazer e me dar bem ao respeito. Imagino a mãe de família que teria dado Valdumira. Os filhos honestos que ela podia ter botado no mundo, feitos de sua boa carne. Meus sobrinhos, que nunca se achegaram. Alguns homens são mesmo incompreensíveis. Na mocidade, desejam por companhia a mulher que lhes desperta ímpetos. Quando sentem o corpo cansado, anseiam por uma que lhes ofereça repouso.

Mira, por fim, se sentou no chão da cozinha. Desatou a rir, sentindo a dormência nas pernas por ter passado tanto tempo ajoelhada atrás da tal tampa, que não encontrou. Tem dessas coisas minha mana. Garra amor por um papeiro, por uma toa-lhinha, uma vasilha, um par de meias cerzidas muitas vezes. Mas não é mesquinha. Isso é que não. É capaz de doar tudo o que tem se encontrar quem, de fato, necessite. Eu reflito, mas não elucido a pergunta que me sobrevém. Terá sido feliz algum dia essa mulher, que, apesar da doçura, exala um cheiro azedo de virgindade? Mira carrega um feixe pesado de casti-dade. Como se transportasse num andor a imagem de uma santa esculpida em madeira maciça, cujos pés, desgraçadamente, parece que nunca hão de se quebrar.

Seu Corneteiro contribuiu com dinheiro. Valdumira o fustigou para ajudar doando umas peças do mostruário, no que ele se negou. Preferiu enfiar a mão no bolso. Parece que tem é ciúme da mercadoria.

Além das famílias alojadas na quadra da escola, algumas ocupam alcovas na maloca. Parece que a associação pagou adiantado uns meses de aluguel, para garantir amparo aos desabrigados, até que possam caçar outro rumo. Italiano está rindo à toa. Lucrando com a desgraceira. É assim mesmo. Prejuízo para uns, vantagem para outros.

Não fosse por Valdumira e Julinha, eu entregava minha casa de papel passado para a associação. Para fazerem dela um abrigo onde fosse possível dar guarida a quem realmente estiver sem recurso. Uma espécie de quilombo, que acolhesse quem necessita de lar temporário. Ou só de um pouso. Como diz aquele samba que é bonito demais: "Minha maloca, a mais linda desse mundo, ofereço aos vagabundos, que não têm onde dormir…".

Na maloca do italiano, ninguém se abriga por caridade. De sua cobertura, Itália desfruta de visão privilegiada. Pouco conversa e, quando o faz, quase sempre é para implicar com qualquer coisa a respeito da vizinhança. Sobretudo em tempos de fruta madura, quando os preciosos pés encravados nas terras de seu Genuíno ficam carregados. Amora, goiaba, pitanga, jabuticaba. Ripas de cana-caiana de colmos rechonchudos. As crianças disputam espaço entre os galhos pesados. Os passarinhos contribuem com a soberba barulheira.

Do mirante, o italiano dispara afrontas em defesa de sua paz perturbada. Na verdade, inveja o vale fértil em território vizinho. Se as frutíferas pertencessem aos seus domínios, a meninada ordinária ficaria só na vontade de alcançá-las. Em seu quintal de cimentado áspero, vive apenas um mamoeiro, cujo broto abusado, seguindo os raios de sol, encontrou uma fenda no concreto. Mas a árvore magriça produz mamõezinhos mirrados que não maduram. Com esforço, tornam-se um pouco amarelecidos, sarapintados. Lembram mesmo o rosto do italiano que, como dizia a finada d. Erotildes, esposa de seu Genu, tem a cara comprida, amarela e sardenta de mamão-macho. Amargosos, os frutos não atraem as aves. No máximo, pode-se utilizar o leite que verte da casca riscada para amaciar um corte de carne rijo. Ou atrever-se ao preparo de uma compota de velho, que carece investir muito açúcar para adoçar pedaços ralados, afogados em calda. Mas se o italiano nota que um valente pretende colher um dos mamões desgraçadinhos, a confusão se estabelece. Feito gata recém-parida defendendo a ninhada, Itália empreende toda a sua fúria contra o predador. Os filhotes desnutridos morrem murchos no próprio pé.

Muitos dos novos moradores estão comparecendo para se solidarizar com a família. Apesar da pouca convivência que tiveram com seu Genu, já puderam contar com as bondades de Doroteia, que está sempre disposta a promover ações que angariem fundos para auxiliar nas obras de caridade. A creche Esperança abriu vagas emergenciais, mas como sobrevive quase exclusivamente através de donativos, foi necessário iniciar uma campanha de arrecadação. Teteia encabeçou a ação e Dolores a auxiliou. Dessa maneira, não é difícil imaginar o motivo de tantas pessoas fazerem questão de marcar presença no velório. Procuram retribuir o carinho com que foram tratadas pela família do falecido.

Seu Tomé está testando acordes no violão, acompanhado pelo filho, Melquíades. Vadico faz fundo com o pandeiro. Parece que se desenvolve um ingênuo ensaio da homenagem que prestam como tradição aos membros da Velha Guarda no momento derradeiro. D. Fina, protegida pelo lenço, puxou o coro. A mistura de alegria com tristeza resultou num som incomum. Coisa mais bonita de se ouvir.

No dia em que o ato se consumou e a esperança partiu definitivamente, me lembro de ter despertado assustada, de um sonho apavorante. Decidi caminhar um pouco ao sol, para ver se me livrava dos calafrios que me percorriam. Penteei o cabelo sem capricho. Joguei sobre o corpo o primeiro vestido que encontrei. Apanhei a sacola atrás da porta e saí, pretendendo comprar legumes e cozinhar um caldo para Valdumira. A agitação do domingo é cansativa. Alguns vizinhos me cumprimentavam. Outros fingiam não me ver. Pintassilgo, como de costume, apreciava as modas na calçada. Sinto por ele uma preocupação maternal. Foi sempre doente, frágil. É o filho mais velho de Dolores. Na infância, tentava acompanhar as brincadeiras da criançada, mas as pernas enfraqueciam a cada dia. Pintassilgo se aliou à cadeira de rodas assim que a anemia falciforme evoluiu, na entrada da mocidade. Outros problemas de saúde se desencadearam. A vizinhança uniu forças para adquirir a cadeira. Otelo, o marido de Dolores, foi sempre um beberrão insensato.

Os filhos de seu Genuíno são conhecidos como os irmãos "Dê". Dolores, Dirce, Doroteia, Dinorá, Dirceu, Dorival e Dalva. Bigu, que ele criou como filha, na verdade é Doralice.

Então, a casa principal alçada no quintal de seu Genu, embora pequena, foi construída para abrigar a numerosa família. Depois da viuvez, seu Genuíno passou a viver nela apenas com Bigu, e temia a visita da morte, única certeza de quem vive. O que é que ia ser de sua pequena quando ele se retirasse? Conforme foram crescendo, os filhos se apinharam em ninhos de pombo erguidos no amplo terreno. Menos Dorival, que foi sempre muito discreto e cedo arranjou emprego para morar, no centro da cidade. Dalva também se mudou, depois do segundo casamento. Dirce, a mãe de Bigu, se suicidou.

Seu Genuíno acabou criando afeto por Valdumira. Mas não encontrava coragem de se declarar. Tinha vergonha da idade. Receio de Valdumira mangar de sua querência madura. Mas, com aquele coração de banha derretida, nunca que ela o magoaria. Pode ser que não o aceitasse, mas seria com muita delicadeza, como é de seu feitio. Valdumira gostava de acarinhar Biguzinha. De vez em quando a presenteava com um prato de arroz-doce, um bolo de fubá. Crochetava ou costurava vestidinhos para ela e outras pequenas que saçaricavam à sua volta. Seu Genu sonhava com Mira aceitando seu pedido. Mas não pedia. Esperava que Deus lhe conservasse as forças até que a pequena Bigu encontrasse o rumo de sua vida. Pintassilgo deve ter saído ao avô. Dizem que é apaixonado pela Jaciara, bisneta de Preto Taquera, e que fica no portão esperando vê-la. Mas não confessa seu interesse pela moça.

— Como é que vai a perna, Pintassilgo?

— Muito melhor, Sá Narinha. Com os banhos que a senhora receitou, a ferida tá cicatrizando.

Passei na birosca para comprar cigarros e não se falava de outro assunto que não os alagamentos. Vi o homem que quase morreu tentando salvar o cachorro no meio do temporal. O cãozinho famoso o acompanhava. Foi um alívio não ser o centro das atenções por uns instantes. Não é correto encontrar conveniência em meio a uma situação grave desse tanto, eu sei. Mas já não me reconheço. Ou, quem sabe, eu esteja me conhecendo só agora. Deus que me perdoe.

Há uma praça no final da rua onde é montada a feira. Meia dúzia de gatos-pingados ouviam a aula que a líder da associação ministrava ao ar livre. Ela reafirmava a necessidade de se lutar por melhorias para nosso pedaço. Falava com paixão e colhia assinaturas para as petições que insistentemente apresenta à prefeitura. Corajosa. Decidida. Aproveitei um pouquinho da palestra e segui caminhando entre as barracas. Coisa que me adoça é ver pessoas comprando comida. Para muita gente, ter dignidade é botar a sacola debaixo do braço e ir à feira. Nem que seja na hora da xepa. É escolher uma bacia de jiló, um pé de alface. É ter com que esfregar a roupa, antes de estender na corda. Uma mulher parou para assuntar o carrinho de sabão em pedra, cuidado por outra, que foi logo explicando o processo de fabricação.

— É maneiro de soda, viu? Vê bem como tá clarinho. Bom pra desencardir pano de copa e arear panela. Ficam brilhantes que dá gosto! Até pra roupa de uso. Pode levar sem medo!

Para muita gente, felicidade é recolher os meninos de tardezinha, para banhar e esperar a janta. É ver qualquer coisinha na televisão. Nem todo mundo vai ser o artista que está na TV. Mas todo mundo devia poder escolher sua verdura. Comer seu peixinho, uma vez ou outra. Sua carne ou o que preferir. Ter sossego para ouvir música, apreciar seu esporte favorito. Tocar um instrumento no dia de folga.

Passando pela banca de pastel, senti vontade de beliscar. Pedi um de palmito. Achegou-se um pretico de uns cinco anos.

— Paga um pra mim, tia?

Vontade de levá-lo para casa. Dar um banho e botar deitado no sofá embrulhado num cobertor, para assistir desenho animado. Oferecer um pãozinho com manteiga e um copão de leite. Estava sozinho. Daquele tamanho. Um perigo algum condenado judiar. Deve ter descido da Cachorra.

— Vai querer de quê?

O olho brilhou.

— De carne!

Pedi à atendente para que o servisse. Percebi que ela ficou um pouco aborrecida. Se os pedintes encontram quem lhes atenda, se acostumam e insistem em rodear a freguesia. Pouco me importa. O pequeno recebeu sua encomenda cheio de razão. Com a propriedade de quem estava em seu direito, lambuzou o pastel com os vários tipos de molhos dispostos sobre o balcão. Ofereci para que pegasse também um refrigerante e ele aceitou sem fazer luxo. Não deu nem uma mordida. Se despediu, agradecendo.

— Já vai?

— Sim.

— Como se chama?

Respondeu um tanto contrariado.

— Deco.

Acredito que foi dividir com alguém as aquisições.

Comi bem devagar, evitando a hora de ir embora. Fiquei acompanhando o movimento na barraca dos cacarecos. Há anos, Melquíades realiza o mesmo ritual. Estaciona a Kombi, retira as peças do bagageiro e monta a loja ouvindo no rádio as notícias matinais, anunciadas pelo locutor com voz de zunido de marimbondo. Passou o carro do cafezinho.

— Me veja um pingado e um pão com mortadela, Letícia. Mas venha receber daqui a pouco. Já, já pinta uma farisca. E... a sua mãe? Como vai?

Ele falou sem encará-la, dando a entender que fez a pergunta por educação. Mas notei que permaneceu atento, aguardando a resposta. Letícia respondeu com igual entusiasmo.

— Na mesma. De cama.

Encerrou o desjejum e aliviou o carro. Primeiro, o caixote com os livros. Um pouco mofados e desbeiçados, com as capas soltando e orelhas nas páginas. Daí, a caixa de louças. Bules sem tampa, xícaras sem asa, pires sem par, jarros lascados. Cinzeiros, tacinhas. Horrendos castiçais. Canecões de festival de chope, bingo, quermesse e chás beneficentes, que estiveram por anos em alguma estante, substituída agora por um móvel da moda, onde não há lugar para badulaques de valor sentimental. Na sequência, a coleção de calçados. Tênis sem cadarço, sandálias sem fivela, botas sem salto, tamancos de antigamente. Acomodou tudo em exposição. Puxou o saco de brinquedos. Carrinhos sem roda, bonecas com cabelos arruinados, ursos caolhos, pianinhos banguelas, jogos incompletos. Em destaque, um trator em bom estado, produto de um rolo na semana anterior. Melquíades relembrou o caso com o vizinho, que conserta panelas. Uma mulher propôs a troca por uma de pressão. Opaca e um tanto enferrujada, mas que funcionava perfeitamente, retificada, desamassada e com nova borracha aplicada pelo amigo.

— Aquela que você deixou tinindo. Tá lembrando?

— Sim! Ficou uma belezinha.

— No começo, fiquei indeciso. Cansado de rolo, sabe? Preferia vender. Tem muita coisa encalhada já. Mas foi por isso que aceitei, meu irmão. Olha o tanto de panela enfileirada. E a dona precisando de uma...

Ajeitou os motores lado a lado. De liquidificador, de batedeira. E os eletrodomésticos. Rádios. Enceradeiras. Videocassetes. Um abajur, feio de fazer piedade. Relógios adormecidos. Um penico de ágata. Estátuas. Um quadro pintado à mão, com um rasgo bem perto do sol poente. Filmes em fita. Discos. Acomodou os bolachões, formando uma pilha de saudades abandonadas. Com dedicatória, marcas de manuseio. Repletos de instantes.

O bananeiro, a mulher dos temperos, o menino da tapioca e o mercador de tapetes trocavam ideias. Os fregueses desfilavam. Um rapaz parou em frente à sessão de pelúcias e pechinchou o valor de um ursinho, alegando que o brinquedo seria entregue ao cachorro.

— É pra ver se ele se distrai e deixa de roer os chinelos da casa.

— Que seja. O preço já tá em conta, não importa a finalidade. Se vai ser útil pra você, pague o que é justo.

O moço estendeu a nota, botando caretas. Saiu trotando. Uma senhora se aproximou um pouco acanhada. Circulou. Estudou uma manteigueira de louça. Foi para o lado dos livros. Folheou um romance.

— Quanto custa?

— Três por cinco.

A mulher fechou a cara.

— Quero saber o preço de um só.

— Um só, é dois.

Na verdade, ela queria mesmo experimentar um par de sapatos de salto, mas não encontrou jeito de calçá-los sem ter onde se sentar. O negociante de faro captou seu interesse.

— Pode levar e testar em casa. Se não ficar bom, traga que eu troco por outra coisa. Só não devolvo o dinheiro.

Ela concordou. Enfiou o par na sacola e saiu depressa.

Uma menina soltou a mão da avó e empacou na frente do trator.

— Eu quero esse, vó! Compra pra mim?

A velhota rosnou, ultrajada:

— Brinquedo de menino? Onde é que já se viu?

Partiu arrastando a garotinha, que tentou se libertar, olhando para trás. Letícia voltou para receber pelo pão, mais o pingado.

— Recomendações à Ermelina. Diga que estimo melhoras.

— Eu digo!

Quando Ermelina chegou do interior, Letícia era um cisco. Acompanhava a mãe e grudava o nariz na bancada das bonecas. Ganhou algumas, inclusive. Melquíades cortejava Ermelina. O comentário na vila corria solto. Ela passava com o carro de café, espalhando simpatia. Uma paradinha aqui, uma lamentação acolá. Uma piadinha daqui. Um charminho de lá. Trabalhadeira que só ela, além do ganho na feira, fazia unhas a troco de comissão no salão alternativo de Doroteia. Sustentava a casa sozinha. Bonita. Caprichosa. Melquíades sonhou juntar sua vida com a dela. Ajudar a criar Letícia. Até que, um belo dia, Ermelina apareceu com novidade. Esperando criança. O pai da barriga era o batateiro. Os dois até que tentaram se ajeitar, mas não deu certo. Cada um para o seu lado. Ermelina, mesmo com mais uma boca para alimentar, andou sumida da feira por uns tempos. Quando voltou, já não esbanjava o mesmo encanto. O garotinho nasceu prematuro. O batateiro se mandou para o Mato Grosso. E Ermelina começou a sofrer do coração. Letícia, mais crescida, assumiu o carrinho de café.

O movimento aumentava. Com sol é sempre melhor. O dia cresce. Melquíades vendeu um espremedor de laranjas, dois gibis e um filtro de barro.

— Olhe direitinho pra ver se não tem rachadura. Precisa trocar a vela, irmão! Não aceito reclamação posterior, por isso aviso.

— Tudo bem! Tenho uma em casa. Era do antigo, que se quebrou.

Celso apareceu. Sorrateiro, como quem não quer nada. Sempre brota para curiar. Melquíades simpatiza com ele.

— Já tomou um quente hoje, Celsinho?

— Que nada. Seco!

— Pegue lá duas doses. Mas traga a minha, ouviu, irmão? Veja lá se não some!

— Que é isso? Venho já!

Celso partiu contentinho, sacudindo as moedas em direção ao boteco. Voltou rápido, honestíssimo, carregando com dedicação os dois copinhos de plástico. Brindaram. Entornaram. Celso se sentiu na obrigação de ficar por ali, simulando uma ajuda, em agradecimento à gentileza, no veneno de ser novamente contemplado. Se posicionou com dignidade perto de uma freguesa que examinava um cesto de frutas de cera carcomidas. Atendeu com carinho. Merecia também ter, um dia, sua própria barraca. Venderia miudezas. Pilhas, pentes. Baterias de relógio, agulheiros, capinhas para documento, isqueiros. Mas o vício na cachaça o impede de raciocinar. No começo, era só um hábito. De tomar um esquenta-goela para ter coragem de enfrentar o batente na olaria. Dava um bico antes de devorar a marmita, para abrir o apetite. E outro no fim da tarde, para consumar o dia. Quando se deu conta, morava na praça, com outros companheiros. A vida havia se perdido, entre garrafas vertidas. Celso é tão novo. Também morava na Cachorra, antes de se tornar hóspede das calçadas. Namora Duquinha, uma menina que vimos crescer, das mais bonitas da turma. Duca, exposta na infância à violência e ao abuso dentro do ambiente familiar, não suportou os infortúnios e procurou liberdade ao relento. Celso e Duca. Dói o coração.

A pequena que se apaixonou pelo trator regressou. Voltou a admirá-lo, infernizando a avó mais uma vez. Explicou que assistiu a um programa na televisão. O urso gigante puxava um modelo idêntico por uma cordinha, passeando pelas alamedas da Cidade Fantasia. Pareceu tão divertido. Ela sonhou fazer o mesmo. E ali estava o tratorzinho. Esperando. Mas o peixeiro chegou na mesma hora. Sorrindo. Negaceando.

— A sardinha está fresca e graúda! Faz rolo num quilo pelo tratorzinho?

— Dinheiro, irmão! No trator, quero dinheiro! Está novinho, poxa.

— Hoje tá magro. Quase não vendi. E é aniversário do meu moleque. Quebra essa!

Melquíades possui dívidas de gratidão com o peixeiro. Muita vez, levou mistura para casa com acerto a perder de vista.

— Não tem pescada, não? De sardinha tô farto, viu?

Os olhos do homem cintilaram.

— É pra já! Vou lá buscar um quilo bem pesado. Passa pra cá meu artigo!

O peixeiro, por certo, sonhou levar o filho à loja de brinquedos. Deixá-lo escolher o presente que tivesse vontade.

— O menino é comportado. Estudioso.

Melquíades comentou com o amigo dos consertos, tentando disfarçar o coração amolecido.

— O pivetinho é firmeza. Tá sempre por aqui. O povo anda duro, irmão. Pouca gente comprando. Muita gente no final da feira, mendigando aparas e espinhos. Pra ferver um caldo que seja.

O garoto teria de se contentar com o trator de segunda mão. Antes isso que nada.

A pequena assistiu com pesar o tratorzinho partir debaixo do braço do peixeiro. A avó se distanciou, puxando o carrinho capenga, contendo meia dúzia de pacotes. Diante do choro escandaloso da neta desiludida, ordenou:

— Vambora, Maria João! Vou contar pro seu pai que tu anda atrás de coisa pra macho! Sem-vergonha!

Depois de devorar a quentinha que repartiu com Celso, Melquíades avisou que começaria o desmonte e ajustou mais uma dose. Quando decide desarmar, aparece sempre um atrasado, assuntando uma coisinha. As outras barracas também começaram a se desfazer, enquanto os feirantes reclamavam do movimento baixo. Dos clientes sovinas, das pechinchas. Dos furtos. Do time que, com certeza, perderia a partida novamente.

A mulher dos sapatos de salto voltou.

— Serviu não.

— E vai levar o que no lugar?

— Pode ser a manteigueira?

— Tem diferença. É mais cara um pouco. Coisa fina.

Voltou para a caixa o par de plataformas. Foi-se a manteigueira delicada que, um dia, deve ter alegrado a mesa de uma família abastada, repleta da melhor manteiga de fazenda. Vai ver, descartada na ocasião de um divórcio, foi parar nas mãos da empregada. Virou escambo, preterida em troca de uma garrafa térmica. Tantos anos sacudiu-se na caixa da louçaria, espremida entre outros trastes. Foi finalmente escolhida. Só que rebaixada. Acomodaria, dali por diante, não mais que uma porção de margarina. Quando muito. E a nova proprietária a escolheu em segundo plano. Preferia os sapatos. Sonhou rodopiar com eles no baile Nostalgia. Seus pés eram maiores que os da defunta, no entanto. Os sonhos nem sempre cabem na gente.

Adquiri os ingredientes de que precisava e rumei para casa. Encontrei Dinorá vagando, como folha seca ao vento. Descalça, metida numa camisola fina. O bico do peito, rígido e escuro, se destacando. Procurava algo. Alguém. Me aproximei com cautela. Evidentemente, estava em fuga. Doroteia a mantém sob vigilância. Pousei a mão em seu ombro bem de leve, no que ela se virou, esperançosa. Quando me viu, se mostrou desapontada.

— Vamos pra casa, Dinorá? Eu te acompanho, viu?

De braços dados, caminhamos. Alcançamos a rua e avistei Teteia a entrevistar os vizinhos. Correu em nossa direção assim que nos viu. Somos amigas há tantos anos. É tão geniosa quanto inteira, a cobrinha. Mas tenho por ela um carinho fraternal. Nossas idades regulam. Dolores é pouca coisa mais velha que nós duas. Ao chegarmos de mudança, ambas nos receberam com grande amabilidade. Valdumira, contida que é, agradeceu às boas-vindas com suas naturais cortesias, sem muitas intimidades. Eu, toda vida fui atiçada. Cultivei amizade. Em Teteia, semeei muito mais. Passei a frequentar o salão de beleza a céu aberto que ela improvisava aos finais de semana e a contratar os dotes em costura de Dolorinha. Até os préstimos de manicure ofertados por Dinorá me acostumei a utilizar. Mas esta, assim como minha mana, se mantinha reservada.

Quando contei a Doroteia sobre a gravidez que me surpreendeu e que, mesmo contra a vontade do pai de Júlio, pretendia levar adiante, recebi apoio e companheirismo. Assim como eu,

Teteia é uma espécie de baú. Guardamos muitos segredos. Doroteia conhece a identidade do pai de Júlio César.

— Trombei com essa companheira pelos lados da Sete Quedas, Teteia.

— Apois! Obrigada, Nara. Eu já tava de cabelo em pé. Entra com a gente, toma um café.

— Agradeço, mas não posso. Valdumira está me aguardando.

Naquele dia, consegui conduzi-la de volta em segurança. Mas vive constantemente abstraída, a delicada Dinorá. Escapa. Procura. Parece que, pelo resto da vida, permanecerá esperançosa. O perigo de perambular errante é enorme para ela. De encontrar quem possa machucá-la. Alguém que possa se aproveitar de sua fragilidade.

Segui meu caminho desejando que um milagre acontecesse. Ansiando acordar em minha cama estreita, me sentar e repetir a curta oração que procedo de manhã e à noite:

— Com Deus me deito, com Deus me levanto.

Queria refletir por um momento e constatar que tudo o que aconteceu havia sido só um estranho pesadelo. Quando enxerguei a cabeça grisalha de minha irmã, que sobressaía no muro baixo, me dei conta do quanto andávamos judiadas. De perto, observei como estavam inchados os olhos de Valdumira. Solitária, sentada sobre o caixote de madeira, no lugar de minha alegre mana, encontrei uma velha queixosa. Envelheceu pelo menos dez anos em poucos meses, depois da loucura de Júlio César. A touceira de espadas-de-são-jorge que sempre reinou à entrada mal resistia à seca que se instalou, sem chuvas e sem nossas ofertas de baldes d'água pelo fim da tarde. Quantas vezes ameacei surrar Júlio César empunhando uma espada daquelas? Mira intervinha.

— Bater não adianta, mana. Vou pedir pro Julinho pra que deixe de fazer malcriações. Confia!

Valdumira lamentava por Júlio ser pagão. Tentou de todo modo convencer o padre a batizá-lo. Não achou maneira. Filho de mãe solteira não podia. Não podia. Eu mesma, nunca me piniquei com isso. Ela associava o temperamento explosivo de Júlio à falta do sacramento. Administrava constantemente goles de água benta, acendia velas para seu anjo da guarda. Mira o arrastava pelas procissões e para as novenas nos lares da vizinhança. No fundo, não me perdoava por Júlio viver condenado àquela condição, que ela considerava gravíssima.

Outro grande desencanto na vida de Valdumira foi o fato de Regininha e Júlio não terem se casado na Igreja. Oficializaram a união apenas no cartório, discretamente, numa manhã de sábado chuvoso. Nunca vou esquecer a falta de ânimo que experimentei quando vi Regininha assinar o livro. Era um sentimento misto, já que me trazia grande satisfação tê-la como nora. Mas qualquer coisa me impediu de estar plenamente feliz.

Promover o batismo de Julinha se tornou um ideal de existência para Mira. Seria preciso que Júlio e Regina recebessem a bênção da Igreja no matrimônio. E para que isso acontecesse, Júlio deveria ser batizado. O padre explicou que, sendo ele adulto, consciente, poderia confessar o desejo de proferir a fé cristã, eleger padrinhos e receber o batismo que, na infância, lhe havia sido negado. Penso que foi a notícia mais alegre que a mana recebeu em toda a sua vida. Só que Júlio não quis se submeter às condições impostas pela Igreja. E devo dizer que foi essa uma das raras ocasiões em que senti orgulho dele. Mira tentava convencê-lo. Estava certa de que, um dia, conseguiria. Era como uma missão que ela tentava cumprir incansavelmente. Mas tudo mudou. Mudou. E o que parecia importante, de repente, deixou de importar.

Eu a trouxe de volta do lugar distante em que se encontrava, mergulhada em seus pensamentos.

— Mana, você vai virar torresmo debaixo dessa caloria. Vamos entrar. Vou preparar o almoço pra nós.

— Tô sem vontade de comer.

— E vai morrer de inanição?

— Ouvi dizer que a Regina piorou. Nara, e se ela não resistir?

— Há de se recuperar.

— Se isso acontecer, soltam o Júlio César?

— Espero em Deus que não.

— E a netinha? Sinto falta dela. Nunca mais botei os olhos na pequena. Nara... preciso te pedir. Me leva pra ver o Julinho, vá. Se você não quiser entrar, não precisa. Eu vou e falo com ele.

— Não me peça o que está além do meu alcance, irmã. Sou capaz de fazer muita coisa por você. Mas isso, não consigo.

— Então arranja alguém que possa me acompanhar. Se eu tivesse forças, ia mesmo sozinha. Mas essa fraqueza... não sou capaz.

— Mira, espero que você me perdoe. Mas não movo uma palha pra favorecer nada que se refira ao Júlio César.

— Hei de me fortalecer. E dou um jeito de ir.

— Desse modo, a primeira providência que deve tomar pra que isso aconteça é se alimentar.

A casa estava abandonada de dar pena. Mira, que foi sempre caprichosa e ordeira, tateava feito espírito recém-chegado no limbo e não se atentava a nada. Nem se banhava se eu não insistisse. Abri as janelas e espiei o canteiro. Esturricado. O pé de arruda estava morto. O de alecrim, queimado. Lavei as mãos, remexi as panelas, botei o caldo no fogo. Liguei o rádio da cozinha, apanhei o tesourão e fui cuidar do jardinzinho. Podei, replantei, reguei. Terminei de preparar a comida e servi Valdumira, que mal tocou os legumes nem provou a carne.

— Você vai cair doente, mana. De que é que adianta?

Botei o que pude em ordem, tomei uma ducha fria e coragem. Fui para o hospital.

Demorei a conseguir condução. Os lotações que vão pela Hugo de Castro empacam assim que o caminho se afunila, passando a rua Vênus. Não importa a hora. Fim-do-Mundo se ergueu ao deus-dará. As vias principais são estreitas e estão esgotadas. Decerto ninguém supôs que, um dia, o trânsito de veículos seria intenso no depósito de pobres. Mas é conveniente e vantajoso comercializar na lonjura. O pobre consome. E muito. Então, além dos automóveis, dos coletivos, também circulam caminhões fazendo entrega. Mas falta estrutura para o tráfego. Estão construindo um viaduto. Homens trabalhando, barulho de obra. Muita gente precisa cruzar o trecho, que é o único acesso para o Hospital Central. As ambulâncias ficam presas no congestionamento. A cidade está se transformando. Inauguraram uma nova estação de metrô perto da casa de Gerda, um lugar onde a necessidade não mora. Melhoram o que já é bom.

Os desprivilegiados se desgastam. Todas as horas a mais investidas por causa desses empecilhos podiam ser dedicadas a outras atividades. Ou descanso. A tensão tomou conta dos passageiros, pois muita gente temia perder o horário de visitas no setor de internação do Central. Daí, um cidadão respondeu que não adiantava ficar remoendo. Que o progresso, mesmo atrasado, deve ser comemorado. Que quem só sabe reclamar, em vez de festejar os avanços, é ingrato. Retruquei ao homem que ele podia ser grato por nós dois, já que era tão nobre.

Encontrei Zildete sentada num banco duro, do lado de fora, no pátio. Consumida. Os cabelos, que ela costuma manter bem tingidos de preto, ganharam uma faixa amarelada. Desbotaram como as paredes daquele lugar sinistro. A tinta dos bancos também descorava, machucada pelas palavras gravadas com pontas de chave.

— Zil...

Ela me encarou com desprezo, exibindo olheiras quase tão profundas quanto as que se instalaram no rosto de Valdumira. Júlio César espalhou a desgraça. Roubou a alegria da gente.

— Quer o que aqui?

— Vim saber da Regina. E se você precisa de alguma coisa.

— Preciso, sim. Que a minha filha se levante daquela cama.

— Olha, Zil... se eu pudesse, tomava o lugar dela. Eu juro, viu?

— Eu fazia o mesmo, Nara. Mas não posso. O teu filho, com aquele ciúme doente dele. Se a Regina morrer, Nara, veja bem: eu mato o teu filho. Juro que mato!

— A Regina não vai morrer. Não vai!

— Todo dia morre um bocado de gente, Nara. Morre velho, morre criança. De acidente, de doença ruim... como Deus manda. Amo a minha filha, mas sei que ela não é melhor que ninguém. Eu também não sou melhor que nenhuma mãe que já enterrou um filho. Só que morrer pela mão do homem que jurou cuidar dela a vida inteira é que não faz nenhum sentido.

Quando o teu filho começou a cercar a Regina , ela tinha quinze anos. De lá pra cá, só fez a pobre sofrer. Eu sabia que dava nisso. Sabia. E avisei. Passei a mesma coisa com o peste do pai dela. Parece sina. Mas aquele lá caiu no mundo atrás de outra azarada. Me deixou em paz faz tempo. A Regina achava que o ciúme do Júlio era de muito amor. Olha aí no que deu.

— E como é que ela tá?

— Na mesma.

— Você já comeu, Zil?

— Não te interessa. E quer saber? Não te quero aqui.

— E a Julinha?

— Tá bem cuidada.

— Eu quero ver a minha neta.

— A Júlia não tem mais pai. A única avó sou eu e não permito que você nem sua gente botem os olhos nela.

— Eu tenho direito de ver ela, Zil.

— Vai se queixar pro juiz.

Voltei para casa sem atingir meu objetivo, que era ver Regininha. Casa quieta, retraída. Enlutada em penumbra. O silêncio despedaçado somente pelo ronco ruidoso e fatigado de Valdumira. Entrei e mexi com Bolapreta, que se levantou de seu muquifo no canto da cozinha para me cumprimentar. Retomei os afazeres. Passava a vassoura na calçada quando Pintassilgo me chamou.

— Sá Narinha! Já sabe da Regina?

— Cheguei faz pouco do hospital, Pintassilgo! Tentei ver ela, mas não foi possível. Passei na farmácia, comprei umas vitaminas pra mana e vim embora. Pelo que eu soube, a Regina tá na mesma, viu?

— Então a senhora não tá sabendo. A Regina faleceu.

Ele matou a esposa, Maria.

Nara, e se ela não resistir?

Ela não morreu, d. Gerda.

Todo dia morre um bocado de gente.

Se a Regina morrer, Nara, veja bem: eu mato o teu filho!

A Regina não vai morrer.

Então a senhora não tá sabendo.

A Regina faleceu.

A Regina.

Faleceu.

Faleceu.

— Ligaram do hospital no telefone da venda, Sá Narinha. Pediram pra alguém ir encontrar a d. Zildete, que passou mal quando soube. Tia Doroteia foi pra lá agorinha.

— Deve ser engano, Pintassilgo.

O barulho foi ensurdecedor dentro de mim. Meu útero se moveu como se estivesse expulsando uma criança graúda. Outros órgãos também se manifestaram, apavorados com a descarga de agonia.

— Cassiana, você perdeu a aula!

— Eu? Não vou participar.

— E se você morrer? Não vai pro céu?

— Não existe só um céu, Regina. A minha mãe explicou. E pro céu que eu vou, não precisa frequentar catequese pra entrar.

— E esse céu pra onde você vai também é azul?

— Eu não sei de que cor é o meu céu, Regininha.

— Mas você gosta tanto de azul.

— Eu? Decidi que gosto mais de vermelho agora.

— E a tua mãe? Contou quem são os teus padrinhos?

— Contou. Eu tenho uma madrinha, Bigu! Sou afilhada da Senhora dos Ventos.

— É um nome diferente de madrinha. Bonito... tá! Vamos brincar de pique? Tá com a Regininha, que não é de nada!

Fui ao orelhão telefonar para d. Gerda. Avisei sobre o ocorrido e que não compareceria no dia seguinte.

— Eu te disse que não tinha jeito. Não disse, Maria?

Voltei para casa cambaleando. Minha irmã estava deitada no sofá.

— A Regina não resistiu, mana. Foi embora.

Valdumira ouviu a sentença calada. Se enrodilhou. Fez que dormiu. Não havia quem pudesse repartir comigo o fardo de ser a genitora de um assassino. Era um castigo. Certo que era. O pai de Júlio não queria que ele nascesse. Ofereceu dinheiro para eu me virar e tudo. Fui teimosa. Quis bancar a redentora. E Julinha? Filha de assassino. E do assassino da própria mãe. Quanta coisa eu podia ter evitado, não fosse meu capricho. Fiz questão de mostrar que fazia e desfazia, sem precisar de homem. Se ao menos eu pudesse morrer também. Regina se foi. Não me deixavam botar os olhos em minha netinha. E Valdumira se desfazia. Como papelão largado na rua em dia de chuva.

Quando ouvi palmas vindas da calçada, não vi jeito de me levantar para atender. Eu, que até então procurava me manter em pé, caí. Me abracei à manta de Julinha, que Regina havia deixado junto das nossas, para ela usar quando viesse nos visitar. E fiquei. Nem sei por quanto tempo. Valdumira, afundada em sua cama, não se mexia. Eu temia que ela estivesse morta, mas não encontrava coragem para averiguar. Nem motivação. Bolapreta, que também cultivava angústias, envolvida pelo ambiente, inquietou-se e não parou de latir até se certificar de que eu atenderia ao chamado. Eu nunca poderia suspeitar de quem se tratava.

— Xispê! Até que enfim, acertei o teu endereço!

— Betinho! Como veio parar aqui, menino? Por Deus!

— Peguei o ônibus pra Fim-do-Mundo, Xis! Vai me deixar plantado aqui, torrando nesse solão?

— Que vergonha, Betinho! A minha casa já é simples e eu ando sem coragem pra nada. Tá bagunçada. Suja.

— Se quiser, te dou uma força e botamos tudo em ordem. Como a gente fazia com o meu quarto, quando você me ajudava a encontrar as coisas perdidas no meio da minha desordem. E olha só: eu trouxe uns negócios gostosos pra gente beliscar.

—Ai, Betinho. Nem acredito no que eu tô vendo!

A bisca da Gerda tem um filho generoso. Quando comecei a trabalhar na casa, ele ainda era pequeno. Gostava de espionar, enquanto eu cozinhava. De observar as misturas de temperos. A mãe o repreendia, mas ele sempre escapava para a cozinha. Macio no falar, curioso, prestativo. Ainda assim dava para perceber que um assombro o perseguia. Não tinha a potência de outros meninos da mesma idade. Depois de adulto, se tornou distante. As cobranças o sufocavam. A mãe e a avó definiram seu futuro. Deveria tornar-se médico, como seu pai havia sido. Se formar e casar sem demora. A noiva pertenceria ao círculo de amizades da família. Alguém tão nobre quanto ele. Mas Betinho não seguia por essa trilha. Na cozinha, com a empregada, é que se sentia à vontade. Eu notava a insatisfação de Gerda em admitir que o filho tinha aquela natureza. Que se sentia bem em companhia de gente como eu. Uma mulher pobre. E preta. A Gerda é racista, sim! É evidente! Uma vez, Betinho trouxe o caderno para fazer o dever na cozinha. A lição era sobre o Treze de Maio. Enquanto estudava o ponto e via as gravuras no livro, parecia desolado.

— Xispê. Ainda bem que não tem mais escravidão, né?

Ele falou tão contente.

— É, Betinho. Ainda bem.

Respondi assim.

— A mamãe disse que ninguém devia mais tocar nesse assunto. Que não adianta remexer o passado. E que, hoje em dia, se valem do que aconteceu pra obterem vantagens. Disse também que o meu bisavô, apesar de branco, era muito, muito pobre quando chegou ao Brasil. Mas que, em vez de ficar se lamentando, arregaçou as mangas e trabalhou até conquistar uma vida melhor pra família.

Suspirei.

— E você, Betinho? O que acha?

— Eu não sei. Me diz você o que acha, Xis.

— Acho que o seu bisavô, branco e muito, muito pobre nunca foi torturado, Betinho. Amarrado a um tronco. Surrado. Marcado com ferro quente. Nunca teve um dente arrancado à força nem recebeu sal e vinagre nas feridas abertas pelo chicote. O seu bisavô branco e pobre não foi separado da família. E, pelo que me consta, nunca trabalhou sem receber pagamento nem dormiu numa senzala. Um homem branco podia sim ser mal remunerado. Mas nunca escravizado. Podia ficar desempregado, sem ter uma colherada de farinha ou um gole d'água pra oferecer aos seus. Mas era livre. A seca e a miséria podiam alcançar um homem branco e pobre como o seu avô, que lamentaria a sua falta de sorte. Sem algemas nos pulsos ou grilhões no pescoço. Se a doença corroesse a carne de um homem branco, ele seria consumido livremente. A loucura podia tomar conta de um homem branco. Ele seria um homem louco. Mas livre. Ele sempre seria livre. Uma mulher branca podia ser muito, muito pobre. Nem por isso teria os filhos arrancados dos seus braços diretamente para as mãos dos compradores. Por miserável que fosse uma mulher branca, não seria obrigada a oferecer o leite do seu peito ao filho de outra, enquanto o seu próprio filho era privado de ser alimentado. E mesmo se fosse tão pobre a ponto de ter os seios secos, não seria impedida de segurar a sua cria junto ao corpo, procurando dar consolo pra ela. Uma pessoa branca e muito pobre podia trabalhar sem descanso, economizando moedas até se tornar próspera. E, se construísse um império, deixaria de ser pobre, tornando-se somente rica. Já um homem negro, mesmo que enriquecesse, continuaria sendo um homem negro. Ainda hoje, Betinho, se um negro, no auge do desespero, furta um pão, a notícia se espalha: "Aquele negro é um ladrão!". No entanto, se é um branco que rouba, o comentário se modifica: "Aquele homem cometeu um delito". Então, sua mãe branca, neta do seu bisavô branco, não sabe do que está falando. É o que eu acho.

Quando me calei, dei com os olhos de Betinho perdidos. Molhados. Eu falo demais. Demais.

— Você nunca vai visitar o Júlio, Xis? Não vai saber se ele tem um advogado e quais são as expectativas? Ele cometeu essa loucura, mas é seu filho.

— Não vou. Não quero ver aquele elemento nunca mais. Pra mim, é como se ele nunca tivesse existido. A minha netinha, que é quem eu quero ver, não posso. Regina está morta, Betinho. Júlio agora é, de fato, um assassino. Não permitiram que eu comparecesse ao velório da minha nora. Nem ao enterro. Não faço outra coisa além de lamentar.

— Você não tem culpa de nada do que aconteceu. Não pode ser condenada nem castigada por uma coisa que o seu filho fez. A sua nora é a única que já não tem chance de estar com a Julinha. Quem ficou por aqui, vai mesmo sofrer. Não tem jeito. Mas é preciso continuar vivendo. Em breve, a mãe da Regina vai conseguir ver as coisas com um pouco mais de clareza. É cedo. Muita dor. Tenha paciência.

— O que você diz é o mais certo. Regina é a única que já não pode escolher. Deixou a mãe. A filhinha… não me conformo. Nem vou contrariar a Zildete. Ela não merece se aborrecer com mais nada. Se diz que não me quer por perto, respeito a sua vontade.

— *Onde é que você estava?*

— *Na sorveteria. Com a Bigu e a Cassiana.*

— *Pois eu não quero. Não quero você com aquelas duas por aí, dando sopa pra qualquer um. Elas não têm compromisso. Você sim!*

— *Mas... elas são minhas amigas desde que a gente era criança. E você sabe disso.*

— *Você não é mais criança. É minha mulher. Tem que se dar ao respeito.*

— *Não sou a sua mulher coisa nenhuma. Somos namorados. E há pouco tempo.*

— *Eu disse que te queria só pra mim. E você aceitou.*

— *Me solta! Eu não aceitei nada. E vou gritar pra rua toda ouvir que você tá me machucando. Não quero mais que me procure! Não quero mais ver você!*

— Então foi suicídio?

— Tudo indica que sim. A forma como ele foi encontrado, a carta que deixou, explicando que precisava encontrar a Regina pra pedir perdão.

— E a Nara? Como é que ela tá?

— Dormindo um pouquinho no quarto. O velório foi rápido, com poucos participantes. A d. Valdumira entrou em choque quando recebeu a notícia. Precisou ser internada e não compareceu. Permanece no hospital, está sendo monitorada. Nara, como a senhora a chama, se recusou a ir. Implorei pra que fosse. Acho que vai se arrepender um dia por ter decidido não ver o filho pela última vez. Não consegui convencê-la. Tomei as providências e acompanhei tudo. Vou ficar por aqui até que as coisas comecem a se ordenar.

— Você é filho da patroa da Nara?

— Sou, em primeiro lugar, um amigo. Mas, sim, ela trabalha pra minha mãe. Por enquanto. Não sei como será daqui pra frente. Se continuará prestando serviços ou não. Acho que demora até que possa se concentrar em algo que não seja tentar compreender tudo o que houve. Ela não conversou com o Júlio nem uma vez enquanto ele esteve na prisão. Dizia que não tinha mais filho. Ele jamais poderia explicar o inexplicável, d. Zildete. Mas, talvez, pudesse ter demonstrado algum arrependimento.

— Desde que se casou com a minha filha, o Júlio César repetia etapas: Esmagar. Arrepender. Pedir perdão. Esmagar...

no início, a Regina perdoava tudo quase no mesmo instante. Ele nem precisava pedir. As brigas se tornaram constantes e os motivos, cada vez mais descabidos. Eu pensei que, com o nascimento da pequena, ele fosse modificar o modo de agir. A Regina tentava evitar que a Julinha presenciasse discussões. Muitas vezes bateu à minha porta no meio da noite. Ele ia buscar ela, jurando que as coisas mudariam. E que nunca mais a magoaria. Da última vez, conversou comigo e prometeu que a minha filha não precisaria mais fugir. Não demorou e fez o que fez. Eu não tive descanso um dia sequer, durante todo o tempo em que ela esteve lutando para não partir. Vigiava a porta da UTI, aguardando uma novidade, um milagre. Os funcionários do hospital permitiam que eu usasse o vestiário e o refeitório. A parede do corredor foi uma grande amiga. Amparava a minha cabeça quando eu cochilava, sonhando que a minha filha tinha alta e que a gente voltava pra casa. Mas teve uma ocasião em que desfaleci por algum tempo. Esgotada, vencida pelo cansaço. Sonhei que abraçava a Regina. Beijava, pedia pra que ficasse comigo. Ela não respondia. Parecia preocupada. Não me disse nada, mas, no sonho, eu sabia que ela se preparava pra fazer uma viagem. Eu me propus a ir com ela. A gente percorreu uma avenida longa, acomodadas num ônibus onde todos os assentos estavam ocupados. Regina, sentada perto da janela, não me encarava. Olhava o tempo todo pra fora. Tensa. O rostinho contraído, como sempre acontecia quando se preocupava. E era como se o mundo estivesse tingido de uma cor suave, que não sei descrever. Não me lembro de termos alcançado o destino. Não soube qual seria o nosso ponto de desembarque. Uma enfermeira me fez despertar. A doutora responsável por cuidar da minha filha precisava falar comigo. Regina tinha partido. Penso que ela tá num lugar seguro agora. E me assombra imaginar que o Júlio tirou a própria vida com intenção de ir ficar com ela. Espero que ele não consiga perturbar a

Regina. Ele não há de conseguir, não há. Não acredito que isso possa acontecer. Assustar a minha menininha de novo? Machucar a Regina outra vez? Não, não...

— Não chore, d. Zil. A sua menina tá em paz, tô certo disso. E vai permanecer assim. Sei que o que digo pode não servir de consolo, mas a única coisa que a Nara me pediu foi pra que, de modo algum, eu permitisse que o corpo do Júlio fosse sepultado no mesmo cemitério em que o da Regina está.

Eu não estava dormindo.

Valdumira passou algum tempo tentando dormir para sempre. Teve um segundo período de internação. Desnutrida e já com feridas rebentando pelo corpo por causa da falta de movimento. Parece que pretendia seguir Júlio César. Pesadelo longo. Demorado. Em noite de inverno. Betinho ajudou no que pôde. Me fez bem desfrutar de sua companhia. Nossa casinha simplória o abraçou. Mesmo com odor de umidade, cachorro, café e cigarro. E o cheiro de gente velha, que sai de dentro de nós duas. De urina espumosa, mal filtrada por rins cansados. Da nata escura que se instala no vaso. Não há descarga ou lavagem que elimine o sinal de nossa idade que avança. Mira e eu envelhecemos.

Quando morávamos em nossa cidadezinha, se apresentássemos qualquer macacoa, mamãe corria conosco à casa de seu Cavaleiro Benzedor. Recebíamos a reza com os olhos fechados e de joelhos prostrados. O aroma de arruda se infiltrava por nossa pele. O mal-estar se dissipava. Mira, uma vez, foi parar na fila da benzedura, pois andava molezinha, aguada por uma rosca de creme em que pousou os olhos, na confeitaria de seu Andrade. Tinha já botado lombriga pelo nariz. Deu o que fazer. Mira não confessava o que se passava em sua cabecinha. Mas, pela crise lombrigueira, os adultos concluíram que se tratava de algum desejo reprimido. Fui eu a delatora. Notava o olhar comprido de minha irmã diante da vitrine, quando éramos incumbidas de fazer voltas de rua. Papai comprou a tal rosca. Mira não deu conta de duas dentadas. Vomitou. Amuou. Foi murchando. Correram com ela. Tomei parte na comitiva mordiscando o que restou da rosca com parcimônia. Vai que a mana resolvia querer de novo a guloseima. Mãe me descia o cascudo. Fiz de conta que estava apenas transportando o elemento, para o caso de necessitar apresentá-lo. Mas Mira, depois de rezada, ainda expulsou um sem-fim de bichas emboladas. Daí, garrou num sono fatigado, constantemente vigiada. Passou uns dias à base de chá e caldo. E eu, roendo a iguaria de quirera em quirera. Quando terminei a empreita, já sentia o sabor de fermento rançoso. Mira ficou boa e nunca mais quis saber de rosca doce. Estou certa de que a reza de seu Cavaleiro curava esse desejo incontido do coração de Mira. O de rever Júlio César. Que o "gaio de pranta" de seu Cavaleiro fazia minha irmã botar para fora esse embolado que se move dentro dela. Vejo nós duas caminhando de braço dado por nosso velho mundo. Carregávamos nossos problemas antigos. Tínhamos certeza de que nada poderia ser mais grave que aquelas nossas mágoas iniciais. Nem mais dolorido.

Uma vez, quando voltávamos da novena que acontecia na casa de d. Liberdade, esposa de seu Cavaleiro, encontramos um andarilho. Encostado à porteirinha, ele estendia a mão, pedindo um ajutório. Me fiz de morta. Mas Mira, em sua inesgotável bondade, doou ao homem as moedas que carregava, fruto de favores prestados para d. Liberdade durante a reunião. Enfezei. Era dinheiro suficiente para comprarmos balas e uma revista. O homem ofereceu uma recompensa em troca da caridade. Uma previsão sobre o futuro. Mira meneou a cabeça. Precisava recompensar nada, não. Eu, mais que depressa, aceitei a oferta. Então o velho de barba sebosa se dirigiu a mim, falando baixo e devagar:

— O sentimento comum que os seus corações compartilham vai atravessar o seu caminho num ponto dessa viagem.

A sua terra será semeada e a semente vai vingar. Mas quem vai colher o fruto é a vossa irmã.

A profecia era um enigma. E eu fiquei achando que a promessa de prêmio era uma tapeação. Esperava ouvir qualquer coisa mais consistente. Anos mais tarde, quando já morávamos nesta cidade, tive a impressão de ter visto o andarilho, sentado à porta do Hospital Central. Atravessei a avenida, querendo olhar mais de perto. Mas, quando consegui chegar ao outro lado, o procurei sem sucesso.

Naquela noite, acho que, de tanto pensar, tive um sonho. Mira e eu permanecíamos em nossa terra, mesmo depois da morte de nossos pais. No sonho, eu nunca que a incitei para que viéssemos para a cidade grande. Mira se casou e teve filhos. Eu não. Nunca. Nunca botei ser algum neste mundo.

Pelos trechos de nosso passado, numa volta à tardinha, não é difícil encontrar d. Alzira, a melhor amiga de mamãe, instalada em sua cadeira de fio, na calçada de frente à casa de muro baixo. O portãozinho se mantinha escancarado. Éramos crianças e, quando nos sentíamos fatigadas, podíamos entrar no quintal para refrescarmos a quentura na torneira do tanque. D. Alzira, em sua voz rouca e mansa, recomendava que passássemos bem longe dos vasos. As qualidades de plantas eram sortidas. Uma lata de tinta, onde morava uma flor-de-maio antiga que só ela, do tempo em que d. Liberdade ainda era viva. De tão cansado, o pobre pé só dava conta de florescer perto de julho. Rebentavam duas ou três florzinhas anêmicas, filhas da velhice. Havia um balde de alça partida que abrigava uma touceira colossal de capim-santo, para o eterno espanto de nossa vizinha, d. Anísia.

— Capim-santo não se habitua envasado, Zira! Só vai bem em terra de chão! Esse daí? É um milagre que progrida dessa maneira!

Uma rosa do deserto vivia na parte de baixo de um filtro de barro, cujo reservatório se quebrara durante uma arrumação para o Ano-Novo. Iolanda, a filha de d. Anísia, foi a autora da façanha. Contratada por uns caraminguás que davam para uma sandália e um vestidico da Loja Colibri, para auxiliar com a louçaria da ceia, inventou de clarear a vela do filtro com açúcar. Esfregava e pensava na morte da bezerra, que incluía um possível encontro com Abdias.

Abdias trabalhava no escritório de contabilidade. Andava de camisa abotoada e sapato pontudo. Mas quem arrastava asa para Iolanda era Pirilo, viúvo de Noêmia, que morreu de doença no pulmão e deixou quatro filhos pequenos. Pois Iolanda tinha horror ao Pirilo. E quando o viu entrando na cozinha de d. Alzira, trazendo no cangote o botijão de gás cheio — pois ele trabalhava no Armazém Flores e fazia as entregas —, se assustou e derrubou a parte superior do filtro no chão encerado da cozinha. Foi uma choradeira. No fim, Abdias foi embora, estudar na capital. E Pirilo se amasiou com a Inês da granja. Iolanda fazia que não ligava, mas quando Pirilo passava de braço dado com Inês, torcia a cara.

Pois no quintal de d. Alzira tinha também o pé de patchuli, fincado num pote de guardar mantimento rachado na parte inferior. Era até bom porque a água da rega achava caminho para escoar. A garotada devia se picar de perto do canteirinho de ervas. E era proibido bulir com o Bobi, que cochilava no terreiro. Bobi era idoso já. Canhanha. Surdo. Acometido por uma moléstia que deixava o pelo cheio de falhas e a pele à mostra. Parecia sarna, mas não era. Bobi já não queria saber de amizade, sobretudo com criança. Gritaria no corredorzinho era proibida. Seu Cavaleiro, o quase centenário pai de d. Alzira, assistia por uma hora daquelas ao jornal do canal 7, onde só dava tragédia. Era um negro altíssimo, seu Cavaleiro. Sisudo. Funcionário aposentado da ferrovia. De pouca fala e movimentos repetitivos. Sentava-se no sofá de dois lugares e as pernas compridas se cruzavam. Os chinelões de couro repousavam sobre a passadeira. A gata Princesa, branca e de manchinha malhada no pescoço, imitando um lenço, se aconchegava para receber dele afagos na cabecinha.

Seu Cavaleiro benzia. Vinha gente de bem longe implorar por reza. D. Alzira preparava dois caldeirões de laranjada, enjoativa de tão doce, e servia bolacha, quando tinha. As vizinhas auxiliavam na merenda dos precisados da fila. Chegava um bolo de fubá, uma torta de sardinha, uma fôrma com broinhas de minuto. Torradas feitas com pão de dias, sanduíches de mortadela. Mas, na fila do benzimento, também havia gente endinheirada, buscando cura para uma infinidade de males. Teve uma vez que um coronel da cidade vizinha veio trazendo a filha, tomada por uma fraqueza que ninguém explicava. Nem médico nem padre. Apática. Desinteressada da vida em plenos dezoito anos. O tal coronel não queria esperar. Primeiro, mandou buscar seu Cavaleiro com recado de que pagava bem e oferecia dormida, se preciso fosse. Seu Cavaleiro nem mandou resposta, deixando o empertigado sem alternativa. Teve de ir até o socorro. Novamente, tentou se beneficiar, oferecendo suborno em troca de ser atendido na frente dos que já aguardavam e dar logo o fora com a insossa. Mas aquilo era coisa que seu Cavaleiro não admitia. Não demonstrava preferências nem recolhia valores. Prendas sim, aceitava de bom grado. Galetos, sacos de batata. Pilhas para o rádio, lenços. Pentinhos, terços, sabonetes. Desde que o ofertante não burlasse as regras. Um dia, ganhou uma camisa vinda do estrangeiro, que passou a usar para ir à missa. O tal coronel, diante da negativa a ser privilegiado, não teve escolha a não ser esperar humildemente. No fim, acabou de conversa com um e outro para matar o tempo. Recebeu conselhos de chás tiro e queda e receitas de caldos infalíveis. Voltou para agradecer e testemunhar o sucesso da bênção no mês seguinte. A desenxabida andava disposta. Retomara até as aulas de piano. Mais uma ou duas vezes, o coronel mandou um carro entregar merendas na fila. Mas a gratidão é quase sempre passageira. E a dele sumiu depressa. Feito salário de operário.

Na última sexta-feira do mês, d. Alzira pedia aos meninos para que arrastassem a bacia de alumínio cheia d'água até a calçada. Preparava um molho com sabão em pó e enfiava os pés.

Iolanda se acomodava num banquinho, aguardando as grosserias das solas dos pés de d. Alzira amolecerem um pouco para, em seguida, esfregar nelas o ralo grosso. Depois, secava os pés inchados com um trapo, aplicava unção de arnica e aparava as unhas com o alicatão. O som de *plec* que ocorria a cada corte ecoava pela tarde. Antes de Iolanda, era d. Tila quem cortava e desencravava as unhas espessas e escuras de d. Alzira. E de muitas gentes. Mas a catarata a impossibilitou de prosseguir com a atividade que lhe rendia dinheirinhos. Mesmo assim, d. Alzira não deixou de ofertar à companheira sua pequena contribuição mensal, acompanhada de um farnelzinho de quitutes. Iolanda herdou o cargo que fora de d. Tila. Mas aturava um mundo de ais. E de comparações.

— Mas a d. Tila não deixava tão rente, Iolanda! Mas com a d. Tila não doía desse tanto, Iolanda! Mas! Você borroca por demais esse esmalte, Iolanda.

Outras vizinhas arrodeavam o evento. Botavam as cadeirinhas para fora, fazendo reunião. Palpitavam no serviço de Iolanda, ralhavam com os meninos travessos. Contavam anedotas, relembravam casos escabrosos ocorridos nos últimos quarenta anos. Traziam sequilhos, brevidades, saquinhos de bala e suspiros. Bacias de milho estourado, garrafas com café. As crianças metiam a mão nas vasilhas e corriam com a boca cheia.

As novidadeiras traziam assuntos à roda. Opiniões e conclusões variavam, enquanto nasciam bordados e crochês pelos dedos de d. Anísia, que botava tapetes para vender na feira. A renda dos tapetes era a base do sustento para a família, de modo que ela não se permitia parar de crochetar enquanto ficava de prosa. Aconteciam discussões acaloradas, e segredos de morte escapavam da clausura. Despontavam minutos de silêncio, gargalhadas salientes e caras abismadas. Quando d. Alzira terminava o tratamento, horrorizada com a inexperiência de Iolanda, o jeito era acender um cigarrinho para relaxar a carne. Seduzida pelo cheiro e pela fumaça, Véia Edite se achegava, em seu corpinho infantil. Murcha e amarela, feito um legume esquecido em gaveta de geladeira. Serrava um cigarro e se apossava de um cafezinho na caneca que carregava toda a vida pendurada por um cordão no pescoço, já com intenção de ser contemplada quando saía em busca de contribuição. Pedia a Iolanda para que tratasse de suas garras, aproveitando a água do molho dos pés de d. Alzira. Escolhia um esmalte de cor berrante e, eufórica, se sentava no lugar quente, recém-desocupado. Iolanda suspirava, sabendo que daquele mato não saía coelho. Mas d. Alzira a confortava:

— Tem paciência, fia. Engrosso umas moedinhas pelo seu tempo investido. Tá caduca a pobre véia. Considere. A gente precisa ir levando, tratando a coitada com brandura até quando Deus quiser.

Era tão sozinha a pobre Edite. O filho único, de pai desconhecido, caiu no mundo assim que alcançou maioridade. Vendeu o que pôde, desprovendo ainda mais o barraquinho erguido há muitos anos no final da rua. Se picou. Edite já não tinha força nem juízo para lidar em casas de família, como havia feito a vida toda, para alimentar o ingrato do menino. Sobrevivia de caridade. A doença do esquecimento fazia a dor da saudade se ausentar. Era bom. D. Alzira estimulava Edite a se achegar todos os dias, perto do início da novela das seis, horário em que seu Cavaleiro se recolhia, depois de ingerir comedida ceia. Se trancava em seu antigo dormitório de casado. O chão de assoalho já não reluzia, e as paredes forradas de papel exibiam grandes manchas de bolor. A penteadeira com espelho fazia par com o guarda-roupa envernizado, de puxadores diáfanos, imitando joia. D. Alzira dizia que o cômodo cheirava a barata. Seu Cavaleiro iniciava a repetição de um quase sem-fim de orações. Encerrada a ladainha, o casaco ia para o cabideiro, substituído pelo camisolão flanelado. Ele se deitava em sua cama de viúvo, adquirida assim que encerrou o luto pela partida de d. Liberdade, que era pessoa das mais bondosas. A cama de casal, de boa madeira entalhada, foi doada para a paróquia, negociada e cobiçada no bingo pela causa missionária. Não era correto que um homem temente conservasse em seu aposento de viuvez um leito onde cabiam dois corpos, se já não pretendia contrair novo matrimônio. Restou o conjunto de lençóis que d. Liberdade bordou quando ainda eram noivos.

Dentadura no copo, moringa e caneca sobre a mesinha de apoio, vela apagada, véu para espantar mosquito. A Bíblia desencapada, aberta no salmo 91. O corpo purificado, que já não tinha obrigação carnal, repousava embalado pelo pensamento de quando será.

Edite mal piscava diante da TV. Segurava com perseverança a canequinha cheia, tragava longo o cigarrinho arrecadado. Esbugalhava os olhos pelas cenas de suspense, escondia o rosto, acanhada dos beijos compridos. Aquela era a sua vida social.

D. Alzira, filha única, viúva como o pai, tinha dois filhos criados, instalados em suas escolhas. Os meninos estudaram o quanto quiseram, viajaram e se mudaram para onde bem entenderam. Faziam alegres visitas anuais durante as férias e voltavam aos seus mundos.

D. Alzira sonhava em ter uma menina, que pretendia batizar de Sônia Maria. E compartilhava seus projetos com mamãe, quando levava as minúsculas peças do enxoval para serem lavadas, passadas e receberem ar de lavanda, durante a gravidez temporã. Eram confidentes e, fingindo-me por vezes distraída, ouvi muitas conversas entre as duas. Viviam estilos de vida diferentes, mas, em incontáveis questões femininas, se identificavam. Se Deus concedesse seu desejo, a filha usaria lindas trancinhas com miçangas. Planejava vesti-la de organdi. E vê-la recitar no grupo. Festejar seus quinze anos e preparar um enxoval para ninguém botar defeito. O sonho realizou-se. Depois dos dois garotos, Sônia Maria chegou. Apesar de prematura, nasceu graúda. Perfeitinha. Cabeluda. D. Alzira chegou a dar de mamar à pequena. E a embalou gostoso. Mas a criança amanheceu morta ao terceiro dia. Só viveu no imaginário da mãe.

D. Alzira contava que, todos os dias, em dado momento, viajava para um lugar onde a menina existia. Num dia, passeavam pelo centrinho. D. Alzira esperava com paciência que ela vencesse o pacote de biscoitos e jogasse farelo aos pombos. No outro, a acompanhava ao consultório do dentista, para avaliar as canjiquinhas. Comprava para a bonitinha um corte de tecido estampado, suficiente para uma bolsa e um conjunto de saia e blusa, ajustado no "Ateliê de dona Corina, reparos com qualidade e costura fina". D. Alzira foi, num sábado de abril, ao casamento de Soninha. E nunca que tinha visto noiva mais luminosa, dentro do vestido de mangas bufantes e calda infinita, ornado com três bordadeiras de mão-cheia da vila. A festa foi para toda a gente. Havia tambores de batata na salsa com azeite, engradados de bebidas, doces e canapés. Saiu foto no jornal. Sônia se casou com um moço da região. Viajaram para Poços em lua de mel, mas voltaram logo, que o rapaz tinha negócios nas redondezas. Ocupáram um sobrado com jardim, duas ruas abaixo. Tiveram filhinhos. Três. Em diversos acontecimentos da vida planejada para Soninha, esteve d. Alzira, em sua saudosa melancolia. Se fosse tudo verdade, além daquela rotina macia de se levantar pela manhã, observar as plantas, buscar o pão e pensar em cardápios sortidos para o exigente paladar de seu Cavaleiro, as incumbências de d. Alzira também compreenderiam encomendar bolos de aniversário e casaquinhos para os netos, organizar os batizados, ajustar os uniformes do colégio. Todos os dias, Sônia Maria, ora moça, ora menina, vivia nova peripécia, na terra onde d. Alzira a visitava.

Quando o segundo filho se mudou em definitivo, d. Alzira voltou a viver em companhia do pai. Conservou alugada sua boa casa na avenida Principal. A despensa mantinha-se repleta. As contas, quitadas em dia. Respeitada, levava fama de boa pagadeira. Tinha crédito na praça, era bem-vinda no comércio e escolhida para madrinha de inúmeros afilhados. Havia noites, no entanto, em que a solidão de mulher aparecia. O marido partira cedo. Um infarto fulminante. Decidiu não se casar de novo, apesar das investidas que recebera de alguns pretendentes. Mas o espaço, por vezes, a feria. Espinhoso. Amplo por demais, já que, ao contrário do pai, conservara a cama nupcial. Sorte era que, em nossa cidade, o inverno era fantasiado. Fazia um friozinho para inglês ver, o sol nunca que tirava folga. Mesmo as madrugadas invernais eram amenas. Aconteciam, de quando em quando, períodos em que d. Alzira ameaçava despencar. Avaliando amarguras, cultivando vazios. Mas, a caminho do abismo, trombava a Véia Edite em total desamparo. E d. Tila, quase cega, tingindo tribulações com sorrisos gratos por qualquer socorro, qualquer afago. E tantas gentes sofridas na fila do benzimento. Boquinhas famintas, ávidas pela bolacha salgada, sedentas da água de laranja açucarada, encantadas por uma fatia de torta. Enxergava o teto sobre sua cabeça nos dias de chuva, quando olhava para o alto. E desfrutava do chuveiro funcionando plenamente, em seu banheiro próprio, encharcando de mornice o corpo sadio, devolvendo-lhe forças quando ela se sentia frouxa. Então, buscava agrupar felicidadezinhas da vida inteira. Como fotografias espalhadas sobre uma bancada. E as multiplicava. Pelos pontos de crochê que a vizinha Anísia já havia laçado. Pelo tanto de pedrinhas que as bordadeiras da vila já haviam pregado. Pelo número de noites em que a Véia Edite havia chorado. Pela quantidade de agulhas que d. Corina já havia trocado. Por todas as unhas que d. Tila, pela vida, havia aparado. Pelos devaneios que Iolanda havia projetado. Desse modo, inventava ânimos para espantar desejos inatingidos, que nunca mais poderiam ser alcançados. Como de ter malhado o Judas num Sábado de Aleluia de sua mocidade, atividade proibida para as mulheres. E de ter ido embora fugida na garupa de Aristides, por quem se apaixonara na juventude, em vez de noivar com o preferido dos pais. De ter visto de pertinho uma apresentação da Orquestra Tabajara. De ter sido mãe de Sônia Maria.

Como eu queria voltar àqueles tempos e acompanhar mamãe, arrastando Valdumira à fila do benzimento. Para arrancar de dentro dela o mal que rói seu coração pelas beiradas. Eu penso demais. Demais.

Sei que Betinho se lembra bem de Júlio. As patroas solicitam às vezes que as empregadas disponibilizem seus filhos para que distraiam as crianças da casa. No quarto de Betinho havia uma prateleira repleta de carrinhos, pelos quais ele nunca teve interesse. D. Gerda insistia para que ele os manipulasse, ao menos. Outros prazeres o escolheram. Papel e lápis, poesia, música. Desvendar as receitas mágicas de Xispê na cozinha. Me apelidou quando soube que eu me chamava Maria Expedicionária.

— Que nome comprido! É bonito. Mas demora demais pra terminar de falar.

Ele devia ter uns nove anos quando Júlio foi escalado para ensiná-lo a brincar. Com uma bola, com os tais carrinhos. Não esqueço os olhos de Júlio César, vidrados na coleção, na primeira vez em que a viu. Ele não se dava conta da existência de Betinho. Examinava os modelos, organizava-os a seu modo, construía pontes e viadutos. Betinho sabia que devia ficar ao lado dele para que a tarefa do discipulado fosse considerada bem-sucedida. Se percebia a mãe espiando atrás da porta, simulava interesse pela atividade. Tomava uma das miniaturas e fingia pesquisar a posição ideal para ela no jogo que Julinho montava. Sabia que, agindo daquela maneira, estimularia na mãe o desejo de solicitar o acompanhante outras vezes. Mesmo que Júlio pouco falasse, a não ser para ordenar que ele pegasse algo ou ligasse a TV num programa de sua preferência, Betinho gostava de tê-lo por perto.

Houve uma manhã em que Gerda e Árvada saíram para um compromisso. Servi o café para os dois. Quando Júlio era chamado, Gerda elaborava menus simples. Os queijos e geleias servidos costumeiramente não compunham a mesa nesses dias. Para o almoço, também era solicitado um prato trivial. Os dois comeram e voltaram para o quarto. Fui averiguar se tudo ia bem. Me mantive escondida por uns instantes. Betinho foi escovar os dentes, mas não fechou a porta do banheiro. Observava com curiosidade os movimentos que Júlio fazia, imaginando que os pequenos veículos eram voadores. Viu quando ele tomou um modelo dourado e o ergueu à altura dos olhos, espiando o interior pela portinha; num gesto rápido, o guardou no bolso do calção. Betinho terminou a escovação e se sentou. Não havia nenhum tipo de reação nervosa em Júlio. Ao contrário. Parecia até mais gentil, enquanto mantinha seu pequeno tesouro escondido. Na prateleira, o espaço que se destinava ao carrinho dourado ficou vazio, o que em nada incomodou Betinho. No dia seguinte, porém, sem que ele soubesse como, lá estava o carro de volta ao seu lugar. Júlio é que não voltou mais àquela casa.

Não intervim no momento do ocorrido para evitar constrangimento. À noite, resgatei o brinquedo em poder de Júlio. Procurei corrigi-lo. Valdumira, como sempre, rogou que eu não agisse com severidade.

— Isso é coisa de menino, mana. Releve. Não seja dura.

— A galinha sabe como pisa no pinto.

Respondi com rispidez e percebi que Mira ficou magoada. Calou-se. Fiz Julinho jurar que nunca mais tomaria nada que não lhe pertencesse.

Júlio César achou que Regina lhe pertencia. Mira o protegeu como pôde. Mas não tem parte no que ele se tornou. Ela lhe deu seu amor. Foi só isso.

Betinho nunca mais viu Júlio César. A não ser no velório. E não sabia ao certo como agir. Compreendia apenas que precisava me ajudar, já que eu não conseguia tomar nenhuma providência. Ele compareceu ao necrotério para me representar. Um oficial veio até nossa casa. Betinho estava ao meu lado quando ele relatou o que havia sucedido e solicitou que fosse entregue uma troca de roupas para o funeral. Procedimentos burocráticos precisavam ser realizados, dada a maneira e o local onde aconteceu a morte.

As coisas que eram de Júlio ficaram na casa em que ele morava com Regina. Valdumira, se pudesse, teria auxiliado Betinho. A fraqueza não permitiu. Ela teria velado o corpo de seu menino adorado até o último minuto. A constatação da impossibilidade a destruiu. Nem mesmo sei se, um dia, ela poderá me perdoar por não a ter levado para vê-lo na prisão. Me limitei a mostrar a Betinho o dinheiro que estava numa gaveta da cozinha. Autorizei que ele pagasse o que fosse preciso para impedir que o enterro fosse realizado no mesmo cemitério em que tinha sido sepultado o corpo de Regina.

Betinho foi até a casa da mãe, onde há uma espécie de despensa transformada em depósito de guardados. Suspirou aliviado quando teve certeza de que d. Gerda não estava. Encontrou roupas e sapatos que foram de seu pai. Escolheu um terno cinzento e uma camisa. Ele falou a Zildete que poucas pessoas compareceram ao velório. Foram duas, exatamente. Betinho posicionou-se um pouco sem jeito ao lado do corpo. Como quando se sentava perto de Júlio, nas vezes em que ele o visitava. O silêncio era parecido. Enquanto vasculhava o tal depósito, encontrou numa caixa a antiga coleção de automóveis que decorava a parede de seu quarto. Lá estava o conversível dourado. Como Júlio César havia feito um dia, Betinho guardou o carrinho em seu bolso. E, antes que tampassem o caixão, depositou a miniatura sobre as mãos enrijecidas de Júlio.

Betinho, mesmo contra minha vontade, fez um pequeno relatório. O segundo participante do velório era Pintassilgo, que foi me visitar e também destrambelhou a falar das coisas que Betinho lhe contou durante as inúteis horas de cerimônia. E das que viu. Sem que eu perguntasse. Não tive jeito de pedir para que ele não me dissesse nada. No fundo, eu queria ouvir.

— Você pretende voltar a trabalhar, Xis? A mamãe não vai aguardar muito tempo sem alguém que faça as coisas por ela. Se não te substituiu ainda, é porque tem pavor de gente estranha dentro de casa. Mas não tem disposição pra cozinhar um ovo. Deve estar pirando.

Betinho tentava me ajudar a recompor a rotina.

— Preciso resolver tudo isso. Valdumira não pode ficar sozinha e eu também não sei se consigo voltar. Sinto que estou fora de combate. Enquanto a Regininha esteve internada, preferi seguir trabalhando. Me sentia protegida, distante dos comentários aqui da vila. Mas agora... tenho algumas economias e, na verdade, já posso pedir a aposentadoria, considerando todos os anos em que trabalhei como operária. Acho que é isso que vou fazer. Talvez eu me mude daqui com a minha irmã. Vou pra um lugar onde não me apontem como a mãe do assassino.

— Não me parece má ideia. Vocês não podem permanecer encarceradas nesta casa, como se fossem criminosas.

— De certa maneira, somos. Valdumira e eu. Seria melhor que nos condenassem a pagar as nossas sentenças.

— O que você diz não faz nenhum sentido, Maria Expedicionária.

— Os teus olhos são bons, menino. Mas, me diga, você também não quer mais voltar pra casa?

— Casa? Eu nunca me senti em casa, Xis. Você sabe bem. A minha mãe jamais vai aceitar as coisas como realmente são. Não se conforma por eu não ter me tornado médico e sim gastrônomo. Não me perdoa por saber que, se um dia eu decidir me casar, não será com a mulher que ela escolher pra mim. Acho que ela preferiria me visitar na cadeia a me aceitar como sou.

— O que você diz não faz nenhum sentido, Paulo Herbert.

— Onde é que você foi buscar esse tal Paulo Herbert? O cirurgião que mamãe projetou. Sei o que tô dizendo. Quando decidi ser gastrônomo, ela ficou chocada. Você deve se lembrar, Xis. Esbravejou que não tinha investido uma fortuna pagando as mensalidades do melhor e mais caro colégio da cidade pra que, no fim das contas, eu anunciasse que queria ser cozinheiro. E que, se soubesse disso, teria me matriculado numa escola pública. Eu não teria me importado nem um pouco. Aquele uniforme de liceu me sufocava. Assim como muita gente que me rodeava naquele ambiente conflitante. Eu não me adequava aos hábitos da casa. Não conseguia me comportar da maneira requintada que a vovó e a mamãe tentavam imprimir em mim. Me sentia feliz desvendando os segredos de como preparar um pudim cheio de furinhos como os que você fazia. Bermuda e chinelos me bastavam. Qualquer camiseta surrada, um pijama. Os meus livros, discos... sempre fui estudioso, dedicado.

Obtive notas acima da média. Nada disso foi suficiente ou relevante pra d. Gerda, no entanto.

Fico receosa com a nova moda de Betinho. Peregrinar pelos confins. Mas ele não tem paradeiro. Fez questão de comparecer ao funeral de seu Genuíno. Em todos os lugares ocorrem coisas ruins, mas se algo acontecer com ele em Fim-do-Mundo, Gerda me acusará de tê-lo posto em risco. Um dia assaltaram o ônibus em que eu estava. Em plena segunda-feira de manhã, renderam todos os passageiros. Acabei me atrasando. Não fosse isso eu nem teria comentado nada. Mas tive que me explicar sobre o atraso. Ela me olhou como quem vê um monte de lixo.

— Esse confim onde você mora... terra de selvagens!

Idiotice da Gerda. A velha Árvada, uma vez, sofreu uma emboscada na alameda bem perto do edifício. Ficou sem um nada. Até o casaco o bandido levou, dizendo que serviria bem para a mãe dele. "Malditos sejam todos os ratos!"

Não sei o que é pior. Arrastão à mão armada ou furto. Quando anunciam que vão fazer a limpa é desesperador. Fábrica de úlcera. Procurar um pertence e não encontrar também é terrível. O furto gera uma sensação de culpa. De descuido. Dá uma paranoia assim, de que a gente bobeou, se distraiu. Deu sorte para o azar. Minha avó dizia que a ocasião forma o ladrão, mas discordo. Ninguém tem que tomar nada na mão grande. Nem se tiver oportunidade. É um contrassenso se apoderar das coisas dos outros. Dizia também: "O que não tem remédio, remediado está!". Mas e o que tem? E o que dá para fazer e não é feito? Isso é que me angustia. Faz minha cabeça doer. Vivo censurando os covardes, mas quem sou eu? Minha indignação não tem brio. Eu penso todas essas coisas dentro de mim. Já não me atrevo a comentar em voz alta. Espero sempre que alguém me lembre de que fui matriz de uma ferramenta amaldiçoada. E eu nunca que vou tentar provar o contrário. Nunca que vou me defender. Não me interessa investir energia para que pensem de outra maneira. Não quero nada para mim. Regina. Julinha. Eu queria diferença para elas. Por elas, eu não mediria esforços. Se houvesse uma maneira de fazer as coisas diferente, não importava qual, eu me submeteria.

Visivelmente encabulada, Duquinha adentrou a sala. Magra. Maltratada. Bateu o olho nas garrafas de chá e café, na travessa com as bolachas. Foi depressa se servir. O cabelo, que já foi longo, está curtinho. Não deixa de ser bonito. Crespo, avermelhado. Dizem que ela cortou para vender. Veio em nossa direção administrando o sorriso tímido. Pediu bênção às mais velhas. Apresentou o bordão, baixando os olhos apagados.

— Sá Narinha me arruma algum pro pão? Tô com fome.

Sei bem qual é o pão. O que é vendido no bequinho. E qual é a fome. Aquela fome mais insaciável. Cruel. Mesmo assim, arranjei o trocado. Ela saiu saltitante, sem nem cumprimentar o morto. Não sei qual foi o dia, mês e ano em que Duquinha começou a depender da substância. Deve ter sido enquanto tentava se livrar do carrasco que a perseguia dentro da própria casa, desde que era pequena. Quando fugiu, buscando cura para suas dores. Escapou como pôde. Cada um escapa como pode. Trombou Celsinho numa esquina. Se uniram, mas vivem em pé de guerra. Mesmo em meio às desventuras, sempre se mostrou afetuosa e de bom coração. Tia Bê me contou sobre a benevolência com que Duca a auxiliou quando morreu Qualidade.

Qualidade não estava nem aí. Se achegava onde dava na telha. Em dia de campeonato, fazia ponto no campinho, ao lado da churrasqueira. Todo naco de carne que alguém não dava conta de mastigar, ele engolia. Frequentava o culto matinal na igreja do pastor Tião. Se instalava no canto e, na hora da confraternização, chegava junto. As irmãs levavam bolo, sanduíche. Qualidade descolava sua parcela. Circulava no terreiro de mãe Rosália, em dia de Festa de Cosme. Não perdia quermesse. Era figura carimbada nos botes da redondeza. Petiscava na faixa. Dava plantão na calçada do postinho de saúde. Pintava sempre um marmitex remexido, um chamego. Tia o batizou Rin Tin Tin. Mas, por causa do desembaraço, ele ficou mesmo conhecido como Qualidade. No fim das contas, ela até que preferiu assim. Era uma danação pronunciar Rin Tin Tin. Foi largado neném no quintal de tia Bê, que já tem uma patota. Apolinho, que passa o dia no colo e ela chama de dândi. Mina, que chegou de fino, meio que enjeitada, com acordo de estadia provisória, e foi ficando. Dá para notar que Mina faz de tudo para não incomodar. Receia pisar fora da faixa e ser despejada. O Kabello é um peludão que, de três em três meses, tia Bê manda para a tosa, quando recebe a aposentadoria. Kabello chega acanhado sem a farta pelagem. É um doido. Tia Bê o encontrou vagando pelo terminal de ônibus. Doente, todo danado. Tratou as feridas, alimentou. Aqueceu. Kabello ficou bom, mas um pouco desajuizado. Tem também Kafé. Dizem que ele é o cachorro mais esquisito do mundo. Tia fica toda ancha.

— Tá vendo só, meu filho? Você é o primeiro em alguma coisa. Não importa que seja em esquisitice.

Há um setor dos felinos no quintal de tia Bê. Atena, Linguinha, Ruiva, Charmosa. Marela, Eustáquio, Sabino, Magiclick. Valquíria, Beijoca. Vivem em coletividade.

A casa de tia Bê não tem portão. Mas os outros parças, resgatados, não demonstram interesse em saçaricar. Medo da rua, só tem quem já viveu nela. Apolinho, o dândi, é franzino. Cachorro de ricaça. Veio para a tia enviado por uma. O marido da grã-fina não suportava o latido estridente do pretinho. E a milionária estava sem saber que fim dar ao coitado. Juraci faz faxina no apartamento. Falou para a patroa que resolvia a questão. Levava o pequeno e apresentava a tia Bê. Se a tia não quisesse ficar com o enjoado, paciência. Ela mesma ficava. Mas a tia gamou na miniatura. E Apolinho gamou na Mina. Corre atrás dela noite e dia. Mas Mina é uma loura esguia, alta. O baixinho não tem chance.

Qualidade não tinha medo de zanzar. Se acostumou a percorrer as vielas do morro desde pequeninho. Fazia amizade com todo mundo. Era gentil, cordial. Acompanhava a mulherada até o ponto de manhã. Dolores contou que, um dia, Qualidade entrou no ônibus junto com ela.

— Deu o que fazer pra convencer o desmiolado a descer, viu, d. Bernarda? Fiquei que não sabia onde enfiava a cara.

Tia Bê mantém a gangue vacinada. Em época de campanha, desce o morro puxando o carrinho e entra na fila. Mesmo assim, seu apreço pela bicharada desperta o incômodo de uns e outros. Vira e mexe, surge reclamação: o terraço de d. Bernarda fede a mijo! A cachorrada de d. Bernarda late. A gataria de d. Bernarda mia.

Ela se entristece. Armazena água da chuva no tambor para lavar o terreiro. Junta latinha para garantir a alimentação da equipe. Às vezes, aparece uma alma boa e fortalece. Genivaldo mesmo é um deles. Quando pode, doa ração. Sempre chega junto. Mas a queixa reina. E tia Bê se amofina. Cachorro late mesmo. E gato mia. Queriam o quê? Que os bichos fossem mudos?

Diz que, na manhã do dia em que houve excursão para Aparecida do Norte, a redondeza despertou silenciosa. Antes do sol nascer, muita gente embarcou nos três ônibus contratados pelo padre Baltazar. Tia Bê falou que ficou chateada. Até queria ir, mas... a cachorrada... gato se vira bem. Cachorro carece de vigilância. Juraci e Genivaldo estavam para Santos.

Não havia quem pudesse dar uma força. Tinha nada, não. Da próxima vez, visitava a Mãezinha. Alcançou o quintal, estudando o céu. Derrubou a xicrinha de ágata com café quente e tudo, quando chegou perto da cerca. Juntou meia dúzia de curiosos na calçada.

— O Qualidade morreu!

Disse que danou a repetir a frase freneticamente, como se uma peça dentro de sua cabeça estivesse com defeito.

— Encontrei ele assim. Esticado. Duro, já. Mas até ontem estava tão espertinho, meu Deus...

A gente curiosa que foi assuntar a lamentação dispersou depressa. Tinha quem estivesse já em busca de pão e leite. De galinha fresca para o almoço. De comer pastel na feira. E até de começar a encher a cara. Cachorro morto não era novidade. Nem gente morta era, quem dirá criação. Tia Bê suspirou e ficou olhando o corpo graúdo do companheiro. Se fosse meio de semana, procuraria as meninas no posto de saúde. Sempre havia sepultado seus bichos. Tinha gente sem compostura que jogava os corpinhos no córrego. Em bueiro. Ela não. Procurava um lugar que considerasse adequado, furava uma cova funda e se despedia com dignidade. Até que, um dia, conversando com a agente de saúde, soube que não era certo fazer assim. Que podia prejudicar um tanto de coisas na natureza. E que os ricos mandavam cremar o corpo do animalzinho. E até sepultar em cemitério próprio. A tia ficou de queixo caído. A moça disse também que, quem não tinha dinheiro, devia acionar a prefeitura. Os homens vinham retirar o cadáver e levavam para incinerar. Mas o postinho estava fechado. Um calor tão grande. Esperar até o dia seguinte? Onde é que ia pedir socorro? A cabeça começou a doer. A danada da pressão devia estar subindo. Se sentou no toco de madeira e escondeu o rosto entre os braços. Duquinha vinha passando.

— Bom dia, véia! Que é que foi?

Tia esticou o pescoço. A vista turva, mal enxergou a figura que lhe falava.

— O Qualidade morreu, fia. E eu não sei como é que faço agora. Enterrar por aqui, não posso. Carregar pra longe, não aguento.

Duquinha é pequena e magra. As veias grossas e azuladas sobressaem nos braços fininhos. Puxou cana por uns tempos. Ganhou uns desenhos malfeitos pelo corpo enquanto esteve trancada.

— Será que envenenaram o meu bichinho, Du?

Duquinha examinou o aspecto do cãozinho.

— Espumou pela boca? Pelo nariz?

— Sei não. Quando levantei, já tava parado. Pior que não fez nem barulho. Tenho sono leve e não ouvi um gemido.

— Tem que dar mentruz com leite pros outros. Vai que jogaram coisa preparada por aqui.

O coração de tia Bê disparou.

— Vou buscar no quintal do Acácio, véia.

Duquinha voltou com a folhagem. E escorou perto da porta, enfraquecida.

— O que você tem, fia? Andou usando porcaria?

— Que nada. É fome mesmo. Desde ontem que não ponho nada na barriga. Sabe como é. O Celso tá sumido tem uns dias. Nem me preocupo. Faz isso direto. Deve estar caído pelos lados do Centro. Eu não consigo bico nem pra lavar garagem. Procuro emprego, mas... parece que adivinham o meu passado. Não me querem nem pra limpar sola de sapato.

Tia botou o bule na boca do fogão e passou a mão na lata de bolachas.

— Come, fia. Que pecado. Tem banana no prato. Pode pegar.

Duquinha não pensou duas vezes.

— Você tá definhando. É desilusão. O Celso te pôs a perder.

— Desilusão é palavra tão bonita.

— Bonita e triste.

— Esquenta não, véia. O castigo, antigamente, vinha a galope. Agora, vem de avião. Tem um samba que diz isso. Se alguém fez maldade pro inocente, a senhora sossegue. Logo o infeliz paga a conta.

— Desejo mal pra ninguém não, Du.

— É justiça, véia. Justiça.

Duca ajudou a administrar o concentrado medicinal para a turminha. Os gatos deram o que fazer. A tia, ao contar essa parte, não se aguentou. Ficou encabulada por caçoar num velório, mas não se continha. Ria de sua própria infelicidade. Diz que era bichano se esgoelando por todo canto. Qualidade seguia no mesmo lugar, embrulhado num lençol roto. O sol ardia.

— Daqui a pouco, o mau cheiro começa a subir. Olha, véia, me arranja esse carrinho e deixa comigo. Eu finalizo. O Qualidade era chapa. Cachorro bom. Fica tranquila. Eu vou pra bem longe com ele, não tenho preguiça de andar. Procuro um lugar de sombra, pra dentro do mato, lá no pinheiral, onde não passa ninguém. Cavo a sepultura direitinho, prometo. Fazer o quê, véia? É o jeito.

— Então come mais um pouco, minha filha. O bicho é pesado. Não tenho como agradecer.

— Precisa agradecer nada, não. Faço de boa vontade. Nem sei quantas vezes a senhora já matou a minha fome, aliviou a minha sede. Até guarida me deu. Se lembra? No dia em que o Celso ameaçou me bater? Falou poucas e boas pro pilantra. Me defendeu, quando ninguém quis tomar partido. Tinha até nego torcendo pra ele quebrar a minha cara, que eu sei. Nunca que me esqueço. Essa mania idiota do povo dizer que em briga de marido e mulher não se mete a colher é um perigo.

Quando Duca voltou com o carrinho vazio, o cheiro de frango no molho perfumava o mundo.

— Ave-Maria, véia. Quer matar um, é?

Tia Bê ouvia música. A bicharada, magoada pelo trauma do mentruz, repousava pelos cantos.

— Fiz macarrão. E salada de maionese. Tem refresco de limão. Mãe Cema passou por aqui e deixou uma sacolada. O pastor Tião trouxe frutas e verduras. Deus é bom!

O netinho, sentado à soleira com o prato acomodado no colo, se fartava. Duquinha botou uma careta.

— Refresco de limão? Uma pinguinha? Tem não?

Tia a encarou com ternura. Era menina, ainda. Tão judiada. Tinha idade pra ser sua filha. Quase a mesma idade da finada Jurema.

— Tem não, cara de pau. Vai lavar as mãos no tanque, vai. O rosto não, que é perigoso. Senta e come, bicha à toa. Por mim, você não tomava cachaça nunca mais. Quem não sabe beber, que beba água. Não queria que usasse mais essas coisas que te deixam estourada.

Duca sorriu, um pouco tímida.

— A senhora é uma véia muito da intrometida, isso sim. Um cigarrito pra depois do almoço? Isso tem, que eu sei.

— Aí, perto da janela. E pra sobremesa tem caqui.

— Dispenso. Deixa as frutas pros menores. Uma soneca debaixo do puxadinho com o bucho cheio já tá de bom tamanho.

Betinho me convidou para esticarmos um bocadinho. Deixei a bolsa guardando lugar, sob os cuidados de tia Bê, embora ela estivesse entretida, em conferência sem fim com a camaradagem. Provavelmente nem notou minha ausência. Nos encostamos perto de uma árvore e Betinho não me repreendeu quando acendi um cigarro.

— Xispê, eu queria te contar uma coisa. Talvez não seja o melhor momento, mas acho que tem que ser agora.

— Não me assuste, Betinho. O que foi?

— Abra essa caixinha.

— O que é isso?

— Os brincos da vovó Árvada.

— CrenDeusPai! Onde foi que você encontrou eles?

— Estão comigo desde que eu tinha uns seis anos. Acho que você nem tinha chegado lá em casa ainda.

— Quando eu cheguei, você já tinha uns sete anos. E esses malditos brincos já eram motivo de discórdia. A sua avó jurava que alguma empregada tinha roubado essas porquerias. Eu dava graças a Deus por eles terem sumido antes da minha chegada. Ela desconfiava que, se os brincos estivessem mesmo perdidos e eu encontrasse eles, não devolveria. A sua mãe pensa o mesmo. Pela hóstia consagrada, menino! E você, com eles o tempo todo. Por quê?

— Não sei, Xis. Tava escutando uma conversa entre a minha mãe e a vovó Árvada, uma vez. Ela dizia que, quando eu tivesse uma noiva, ia dar este par de brincos pra ela. A noiva deveria usar no dia do casamento. Vi quando a vovó escondeu a caixinha no bolso de um casaco, dentro do guarda-roupa. Assim que elas saíram do quarto, eu entrei e retirei ela do esconderijo. E consegui fazer com que ninguém nunca encontrasse os brincos.

— Desmontaram aquele apartamento mais de mil vezes procurando por eles. A sua avó morreu afirmando que uma das empregadas que tiveram era a ladra.

— Mas nunca acusou ninguém diretamente, Xis. Acho que, se isso tivesse acontecido, eu teria me apresentado como culpado. Ou, pelo menos, devolvido a caixinha ao seu lugar. Ocorre que eu não aguento mais ficar com isso. Não quero mais esses brincos comigo. Decidi que vou me mudar pra uma casa só minha. Talvez aqui mesmo, em Fim-do-Mundo, que é onde posso pagar. E quando eu tiver a minha casinha, não quero entrar nela carregando esse peso.

— E agora? Você vai dizer pra sua mãe que estava com as pérolas por todos esses anos?

— Ainda não sei o que fazer.

O poder de santificação que a morte pode exercer é interessante. A velhice também. Os velhos conquistam um feitio de ingenuidade. Os mortos, qualquer coisa de benevolência. Seu Genuíno está com ares de santo. Eu o conheci sempre superficialmente. Me parecia bom pai. Bom avô. Mas, do homem Genuíno, deste eu pouco sei.

— Continue olhando por mim, vovô! — Bigu implorou num acesso de dor. — De onde estiver! Olhe por mim!

Penso que Valdumira sofre menos, agora que Júlio já não está na prisão. Não a atormenta o fantasma de sabê-lo com frio ou fome. Se desligando, Júlio César aliviou um pouco da sede de justiça que castigava todos que o odiavam. Minha irmã tem profundo respeito pelos mortos. Sente que ele iniciou sua redenção. A todo momento, me vem à mente o rosto de Júlio em criança. Era engraçadinho, sim. Me lembro de quando Mira o levava para me dar um beijo antes de dormir. E pedia para que ele reproduzisse as canções e os gestos que aprendia na escola. Ao fim do número, ela o aplaudia. Apaixonada. Sempre foi apaixonada. Desde que o viu pela primeira vez. Eu não sabia que nome dar a ele. Deixei que ela escolhesse. Me lembro dos olhos dela brilhando.

— Tem certeza? É o teu filho. É justo que você escolha o nome.

— Prefiro que você escolha.

— Bom... me agrada muito... Júlio César.

— Pois está decidido.

Logo depois do nascimento de Júlio, fui acometida por uma grave infecção. Não tive chance de amamentá-lo, pois, assim que foi detectada a febre e constatada a alteração nos resultados de meus exames, não pude nem mesmo me aproximar dele. Minha alta hospitalar foi adiada, mas ele estava bem e autorizei que fosse para casa com Valdumira. Quando finalmente fui liberada, dez dias depois, os encontrei integrados à rotina doméstica, muito íntimos.

Eu me preocupava com o futuro de Júlio. Com o homem de bem que ele deveria se tornar. Mas nunca senti nada semelhante ao que minha irmã sentia. Quando ele teve sua primeira doença infantil, Valdumira se apavorou.

— Este menino não é batizado... Deus há de ser misericordioso.

Me causava revolta pensar que aquela agonia por parte de Valdumira era sobre algo que estava além de nosso alcance. Como é possível uma criança ser castigada ou punida por algo que não é sua culpa? Que justiça divina era aquela em que ela acreditava? Acabei por repreendê-la de uma maneira que a assustou ainda mais. Nem me dei conta.

— Você acha mesmo que os pagãos vão pro inferno quando morrem?

Ela se alarmou.

— Julinho não vai morrer. Boca de praga!

Me divertiu um pouco ver a brabeza da mana, sempre tão moderada.

— Abranda esse coração, minha irmã. Ele vai morrer um dia como qualquer um de nós. Mas eu não acredito que Deus possa condenar assim um inocente. Se o Júlio é pagão, não é por culpa dele. O que se pode fazer se não leva o nome do pai no documento? Deve existir um espaço no céu destinado aos pagãos. Aos bastardos. É muita gente, Mira. Muita gente.

Júlio César conseguiu me alcançar quando Julinha nasceu. Eles moraram conosco no início. Nossa casa não é grande. Num dos quartos, dormimos Mira e eu. No outro, onde Betinho está hospedado agora, há uma coleção de objetos antigos. Era o quarto de Júlio, em que repousa a colcha feita de retalhos em branco e preto, presenteada a minha irmã por seu Bartolomeu. Enfeita a cama, substituta da que foi usada por ele desde a adolescência. Improvisamos um dormitório de casal, mas não retiramos os objetos que eram dele. Deixamos tudo por conta de Regina, que nunca cogitou retirá-los também. Quadrinhos idiotas, emblemas de um clube esportivo. Uma pipa pendurada num prego. Quando Regininha entrou para a família, nossa rotina ficou alegre. Já gostávamos dela, e tê-la mais perto nos trazia novidades encantadoras.

Durante o namoro e o curto noivado, contar com sua leveza era um alento. Mira cozinhava doces e assava bolos para agradá-la. Eu comprava as frutas que ela apreciava. Regininha ouvia música, acompanhava novelas, lia revistas, papagueava pelos cotovelos. Comentava os acontecimentos da vila e arregalava os olhos quando contava algo que considerava interessante. Ajudava com a limpeza, ia com Mira às compras. Era como uma filha para nós. Júlio César procurava afastá-la quando julgava que ela investia tempo excessivo em nossa companhia. Dava um jeito de levá-la para o quarto. Trancava a porta. Quando comecei a perceber essas atitudes, ponderei que ele sentia ciúmes pela dedicação que devotávamos a Regina. E que se melindrava por ter sido sempre o centro de nossas atenções. Na verdade, ele a queria com exclusividade.

Quando ela contou que ia ter um bebê, nós quase arrebentamos de contentes. Vivíamos às voltas com pacotes. Roupinhas. Mantas. Preparar o enxoval era tudo que importava. Busquei em meus guardados a boneca de tranças que comprei quando engravidei e a entreguei a Regina. Mira reproduziu a cena do passado.

— Mas... e se for um menino?

Garanti que não seria.

Embora Júlio César se aborrecesse, as amigas de Regina vinham sempre. Bigu, antes de iniciar suas viagens em missões de alfabetização pelo país. Cassiana, quando podia. Bigu, faladeira que só ela. Cassi, mais reservada. Nos banhavam de juventude.

Entendi o que era felicidade quando Julinha chegou. Nunca imaginei que fosse possível guardar tanto amor dentro do coração. Antes de tudo acontecer, eu nutria gratidão por Júlio César. Por ter me propiciado experimentar um sentimento tão intenso. Mas ele demonstrava desconforto perto da filha. Como se tivesse que dividir Regina. Como se Regina fosse um utensílio.

Quando anunciaram a mudança, perdemos o rumo. Insistimos para que ficassem, mas procuramos compreender que era o melhor. Era natural que Regina desejasse construir seu próprio lar, ajeitar as coisas a seu modo. Mantivemos o berço de Julinha. Nunca mexemos em nada. Esperávamos que nos visitassem com frequência. E também pretendíamos visitá-los. Mas Júlio estabeleceu distâncias. Mesmo Zildete, apegada que era à filha, enfrentou hostilidade ao tentar penetrar a muralha construída por ele. Como é que permitimos que chegasse tão longe com sua loucura? Quantos sinais de descontrole ele apresentou. Regina estava sozinha. Mesmo com tanta gente ao seu redor. Estava só.

Sofremos muito com a ausência da menina. Quero tanto bem àquela criaturinha. Bem-querer? Estou pensando errado. Bem-querer tenho pelo cobertor xadrez que foi de meu pai. Pelo guarda-chuva tão pequeno que Betinho me trouxe de um país distante para onde viajou. Por Julinha, tenho veneração.

Quando ouvi a conversa que Betinho teve com Zildete no dia em que ela foi a nossa casa, tive ímpetos de me levantar e ir até a sala. Eu queria saber se ela se sentia melhor. Se a notícia da morte de Júlio a confortava. Até que ela confessou seu receio de que, mesmo morto, Júlio voltasse a fazer mal a Regina. Seria possível? Se eu tivesse certeza de que o encontraria, não me faria de rogada. Procuraria a melhor e mais rápida maneira de atravessar para o lado de lá. Se eu pudesse garantir sossego a Zildete. Proteger a alma de Regininha. Depois de ouvir a conversa dos dois, novos temores passaram a me perseguir.

Voltamos ao salão, Betinho e eu. Juraci se dispôs a aprontar uma merenda reforçada para aquecer os que passarão a noite em vigília. Na associação há um fogão industrial e apetrechos para o preparo de alimentos em quantidade. Uma vaquinha correu rapidamente e Juraci saiu apressada para providenciar a refeição noturna. Betinho a acompanhou, animado em poder ajudar.

O ambiente, que já ia descontraído, tornou-se denso com a chegada de Doroteia, carregada pelos braços por Bolão e rodeada das manas. Dinorá, ao observar a desolação das irmãs, sobretudo de Teteia, a quem é mais apegada, iniciou um pranto dolorido. Geme como se estivesse sentindo a dor de todas elas. Estava vestida com um traje horroroso. Caberia um exército dentro da túnica de tecido áspero. É espantoso vê-la nessa condição. Teteia e Dolorinha procuraram mantê-la ajeitada e gozando de algum asseio, mas, obviamente, não tiveram como alcançar essa parte em meio a tantas questões. Além de tudo, o entendimento de Dinorá não alcança o que está acontecendo. Ela se aproxima das velas a todo momento e alguém precisa correr para afastá-la. Ri alto e chama a atenção, estrelando um espetáculo lamentável. Desde que o salafrário cabra que embarcou em sua vida só para afundá-la sumiu, carregando tudo que era dela, não há quem a retire da cidade fantasma em que se enfiou. A cidade chamada Amargura. Ela vasculha os esconderijos desse lugar onde habita. As ruas. Avenidas.

Dinorá levou sua vidazinha serena de solteira, até o bendito instante em que apareceu Everardo. Ninguém sabe explicar muito bem de que buraco ele saiu. Forte e de riso largo, branco, quase louro. Parece que Dirceu Bolão cedeu o quintal para uma noitada de baralho, e que Everardo era convidado de outro convidado. Em dois tempos, se abancou. Dinorá não permitiu que a família desse palpite. Os irmãos não tinham lá suas vidas? Ela bem se sustentava e era dona de sua vontade, era o que dizia. Doroteia, quando tentou aconselhar, saiu chamuscada:

— Dinorá! Tu nem conhece esse branco e já pôs pra dentro de casa?

— Apois! Qual foi o dia em que eu quis saber a procedência desse teu filho japonês? O que você tem é inveja, já que o branco me escolheu. Isso sim! Da minha vida cuido eu!

Mas chegou o dia em que Dinorá voltou do trabalho e não encontrou Everardo. Ficou sumido por uns tempos. Apareceu quando quis, com jeito de cachorro magro. Deu desculpa de que havia partido em busca de emprego. Dinorá se comoveu e o abrigou de novo. Não demorou e ele voltou a desaparecer. Dessa vez, levou as roupas do armário, as peças do enxoval que ela acumulava e o dinheiro que estava guardado para as contas do mês. O rádio, o liquidificador, o ferro de passar e até as panelas. Dinorá se sentou na beira da cama, atordoada. Uma opinião a consolou: seu branco só queria fazer uma surpresa. Decerto havia arranjado colocação e uma boa casa para onde pretendia levá-la. Sim, era isso. Não contou nada a ninguém. Esperaria calada, sem dar gosto para as línguas dos intrometidos. Mas a família notou a ausência de Everardo. E o desgosto roendo a escassa carne de Dinorá. Até que ela já não pôde se levantar da cama.

Doroteia procurou a patroa de Dinorá e explicou que ela estava doente. A mulher alegou que sentia muito, mas não podia ficar sem babá. Arranjaria outra. Pagou os dias trabalhados.

Doroteia levou o dinheiro e contou o que havia acontecido. Dinorá ouviu sem responder. Não comia. Não bebia. Diminuía. Desbotava. Reduzida ao resultado de seu martírio, abatida como quem acende o último cigarro do maço pelo filtro e tem que tragar o gosto azedo da desilusão. Aplicada em compreender como é que havia errado, esperava que, onde quer que estivesse, Everardo a perdoasse e lhe concedesse uma nova chance. Mas a fraqueza atrapalhava seus pensamentos. As ideias desmaiavam dentro de sua mente. Era uma convulsão de arrependimento atrás da outra. Dinorá se perdeu para sempre.

Já não nascem Dinorás.

Um garoto que mora na maloca está discutindo com a mãe. Deve ter uns quatro anos e é bastante insolente. Esperneia porque quer comer todas as bolachas da bandeja e exige um copo cheio de café. A mulher tenta contê-lo. Não consigo deixar de imaginar mais de um caminho que poderá ser percorrido por ele. Haverá de assassinar alguma pessoa? Render uma velha indefesa numa viela, tomar seus poucos pertences? Ninguém pula as etapas. A mais vil criatura viveu a infância. Júlio foi um garoto como qualquer outro. Acordou em manhãs quentes e azuis como esta, querendo alcançar as nuvens através de uma pipa. Sentiu a frustração de um gol perdido e a liberdade que o vento sugeria quando ele descia ladeiras em seu rolimã. Até que se tornou homem. E enraizou os sentimentos numa lagoa podre e movediça. Afundou. O assassino desumano habitava dentro do menino?

As crianças zanzam curiosas. Algumas experimentam olhar o caixão. Outras permanecem distantes, amedrontadas. Rodeiam madre Evilásia, diretora da creche Esperança, por onde muitas delas já passaram. A madre veio cumprimentar a família e trouxe um pequenino a tiracolo. A Organização Esperança mantém ainda um orfanato. Bem, eu nem mesmo sei se ainda é assim que se chama. Trocamos dois dedos de prosa. O pretico que ela carregava estava abrigado. A mãe o deixou na maternidade, para que fosse entregue para adoção. A madre contou que ele a seguiu chorando até o portão do lar, quando ela estava de saída. Compadecida, o carregou.

Durante os mais de trinta anos em que moro nesse pedaço, acompanhei várias turmas. Brigando pela posse de bolas encardidas, tomando bronca pela perturbação da paz. Vi mãos largarem as linhas de pipa para segurarem outras mãos, bigodes surgindo, batons tingindo os lábios, barrigas despontando. Vi mochilas escolares virarem bolsas com marmita e uniforme. E os ases dos velocípedes, pilotando carros e motos. Muitos são agora pais e mães de família. Alguns se mudaram, morreram ou estão guardados. Outros sumiram. É engraçado lembrar deles pequeninhos e hoje vê-los desempenhando diversas atividades. Observar os dons e talentos que desenvolveram.

Mas as turmas nunca deixam de existir. Parei de tentar acompanhar as gerações há algum tempo. Não sei bem quem é filho de quem. Se são recém-chegados ou se nasceram por aqui. Mas há um bocado de pequenos atuando na correria. Nos berros, no pega-pega. Tem uma lindinha que sempre vem se encontrar comigo quando viro a esquina. Pergunta o que tem na minha sacola, me acompanha até o portão, pede para ver Bolapreta. Diz que se chama Bebete. Há ocasiões em que, de tão enfronhada com a reinação, nem me vê. Já acompanhei embasbacada o discurso que ela mandou para um garoto um pouco mais velho. Com as mãos na cintura, dava a letra com uma cara séria que metia medo:

— Sai da minha vida! Você entendeu o que eu disse? Me deixa em paz! Sai. Da. Minha. Vida!

O menino, de olhos arregalados, parecia não acreditar no que ouvia. Fiquei imaginando que espécie de cretinice ele devia ter aprontado para tomar uma lavada daquela magnitude. Ela não deve ter mais que três anos.

Dia desses, passei para ir à birosca e a pequena estava sentada num degrau. Jururu... notei que rolava uma brincadeira e que, por algum motivo, a marrentinha havia sido banida. De tão chateada, nem puxou conversa.

Comprei um punhado de balas. Ganhei a esquina e a encontrei plantada no mesmo lugar. O bico chegando no fim da rua, os braços finos cruzados sobre as pernocas. Me aproximei e estendi o saco com as balas na direção dos olhos dela. A cabecinha se levantou, deixando evidente o penteado de ontem. Me encarou.

— Que é isso aí?

— Umas balas. Pra dividir com o pessoal.

Num instante, a marrentinha se levantou e abandonou a fossa que estava curtindo. Esticou o pescoço, saiu gingando e se posicionou na frente da turma toda, segurando o importante pacote. Abriu a boca minúscula e tomou a palavra:

— Olha pra mim, todo mundo. Eu tenho balas!

Valdumira e eu costumávamos distribuir bobagens para os traquinas que aprontavam pelas tardes. Batata-doce, canjica. Limas descascadas. Assim como o número de crianças, o custo de vida em Fim-do-Mundo cresceu. Sempre foi alto, mas, de uns tempos pra cá, está pior. É praticamente impossível fazer agrados aos pequenos com frequência.

— É necessário um horror de combustível pra chegar ao nosso bairro. E os caminhões precisam ser escoltados. Mesmo com escolta, muitos deles são saqueados. Tudo isso encarece os produtos, d. Nara.

Foi o que jogou Osney, quando cobrei explicação para os preços das mercadorias.

— Faço compras pra minha patroa toda semana, homem. As coisas nas terras dos maiorais não custam tão caro, viu? Por que é que os pobres têm que pagar mais? O que se oferece pra gente daqui é refugo perto do que se encontra nos reinos distintos. Empurram a peso de ouro pra nós o que os feitos de cristal se recusam a consumir. O povo aqui se contenta com porcaria por não saber o que é bom. Se você se mete a vender essas imitações de pão dormido praquela gente arrogante, eles chamam a polícia.

Fiz essa reivindicação no tempo em que me sentia uma autoridade local. Se fosse hoje, não me atreveria.

Andando a pé, é possível constatar com maior atenção questões elementares que assolam Fim-do-Mundo. Como são sujas as ruas. As calçadas aleijadas. Fios repletos de restos de rabiola. Paisagem doente. Cheiro de fossa, correntezas de água podre beirando as guias. Uma cadela magra passou por mim, numa ocasião, carregando uma sacola presa aos dentes, como se voltasse das compras. As tetas vazias. A ninhada, certamente, a aguardava faminta, escondida em algum buraco. A pobre mãe, em busca de alimento para se fortalecer e sustentar os filhos, ia analisar o conteúdo de seu pacote de esperança num lugar afastado, onde outros desvalidos não a importunassem. Presenciei uma cachorra nas mesmas condições devorando dejetos. Deve ter farejado algum indício de vitamina para seu sangue ralo, com expectativa de produzir leite para os que dependiam dela. Bolapreta foi adotada por Valdumira numa penúria semelhante. Madura, mãe de várias crias. Quem poderia acolher uma cadela adulta, amarrotada pela vida, marcada pelo abandono? Ferida, apavorada. Mira, boa como uma lasca de pão molhada em café, granjeou a confiança da bichinha. Tratou as lesões. Bolapreta ganhou um lar. Um leito. Uma amiga.

Em nossas guerrilhas infantis, eu feria Valdumira com a arma que mais a judiava. Ela se retirava por horas, quando isso acontecia. No sítio em que morávamos, havia uma infinidade de árvores frutíferas. Mira apreciava a sombra de um cajueiro, plantado por nosso avô. Se refugiava encostada ao tronco. A deficiência, que acomete o pescoço e a coluna, ateve seu crescimento. Papai desejava submetê-la a uma avaliação médica, mas a clínica mais próxima de nós ficava a uma distância considerável. Além disso, não podíamos pagar pela consulta. Pai faturava uma quirela com o produto do roçado. Mesmo com a ajuda de mamãe, tratar a doença de minha irmã era um desejo inalcançável.

Na verdade, nos acostumamos com o jeito de Valdumira. Para nós, não havia nada de errado, a não ser a aflição que lhe causavam as dores e as limitações que ela sempre procurou superar com bravura. Isso sim nos amargurava. Em nossa casa, havia harmonia. Nossos pais eram pessoas sossegadas, nos tratavam com afeição. Aprendi a fustigar minha irmã, zombando de sua moléstia, com a súcia dos arredores. Mas quando eram eles que abusavam dela, eu me zangava e a defendia. Muitas vezes, fui eu quem procurou sombra e isolamento para remoer a mágoa que me corroía, por saber que ela sofria com a troça da molecada. Mas meu abrigo era sob o abacateiro. Assim que também comecei a me sentir atingida, deixei de utilizar a arma suja que era caçoar dela. Valdumira foi sempre mansidão. Sempre quietude, em sua inteligência para lidar com linhas, barbantes, meadas e agulhas. Coisas que mamãe e eu não compreendíamos. D. Liberdade, nossa vizinha, foi quem ensinou Valdumira, ainda pequenininha, a empreender delicadezas nos tecidos tramados e a criar peças que abrolhavam dos novelos coloridos.

Mamãe não tinha paciência com essas miudezas. Se dedicava com afinco às suas artes de lavadeira. Me lembro dela debruçada sobre a tina. Quando havia muito o que fazer, agachada na beira do riacho. Começava pela roupa branca. Preparava um concentrado na grande bacia de borda amassada, seu xodó. Um dia, apanhou um meninozinho morador da redondeza usando-a como banheira. Garrou com ele uma discussão calorosa.

— Tu não mexa no que é meu! Diabo!

Mergulhando peça por peça, chacoalhava a água ensaboada provocando espuma. Tinha zelo especial pelos aventais do dentista. Tudo tão limpo, tão alvinho. Esfregava punhos e colarinhos com palma-de-cristo. Dizia que o dentista não transpirava como toda a gente. E que homem bom estava ali. Viajava de quinzena em quinzena para entregar a ela o fardo de roupa a ser lavado. Havia uma tinturaria no centro da cidade. Mamãe aplicava uma dedicação incomparável às tarefas que desenvolvia. Mas era apenas a lavadeira. Por isso, cobrava mais barato, trabalhando o mesmo tanto ou até mais. Apresentava tudo engomado e passado com ferro a carvão. O dentista fazia questão de pagar a ela o preço equiparado ao cobrado na tinturaria. O tintureiro não tinha paciência de botar as peças para quarar. Nem fazia a última enxaguada no anil com ar de flor de laranjeira. Também não entoava as cantigas das lavadeiras, como mamãe fazia enquanto esfregava. Desconfio que a música ajudava a deixar tudo o que mamãe tocava tão macio.

No ribeirão, cuidava dos itens pesados. A tina de madeira recebia tecidos delicados. Ela botava as peças de molho à noite e, pela manhã, encontrava um caldo turvo. As impurezas se desprendiam das roupas e se instalavam no fundo da tina. Ela se admirava do processo. Observava que seria bom se, com as pessoas, funcionasse tal e qual. As sujeiras de cada um se desgrudando da alma, somente com um molho de água e sabão. As vidas limpas. Sem manchas. Secando ao sol, na corda ou no cercado.

Eu preferia assistir as mãos de vovó, envolvidas na terra preta. Consolando-a quando a sentia esgotada, retirando os pedregulhos, as daninhas. As mãos tinham a mesma cor da terra. Como se fossem parentes. Fortaleciam a carência do solo com o adubo produzido das aparas de quase tudo que consumíamos. Por gratidão, as raízes devolviam em abundância o que ela semeava.

Mira bordava uma flor no tecido numa fração de hora. As mudas que vovó cultivava demoravam, por vezes, mais de uma estação para florescerem. Mas, quando arrebentavam, era como se muitas mulheres tivessem parido ao mesmo tempo. Povoavam os canteiros. Os pássaros se alegravam da rebentação. Gorjeavam. Nunca mais ouvi ninguém dizer "gorjear". Papai falava assim. Nesta cidade, os poucos passarinhos que encontro fazem barulho. Sempre considerei carinhoso a gente diminuir pássaro para passarinho assim, naturalmente. Valdumira tratou Júlio César por Julinho toda a vida. Eu a imitava, às vezes. Mas nunca fui tão branda. A não ser com Julinha. Minha pobre mana está abalada. Se pudesse, eu a levava para se sentar outra vez à sombra do cajueiro. Não posso. O sítio de nossa meninice foi vendido. Soube que cimentaram o chão, ladrilharam. Instalaram piscinas no lugar onde vivia nosso pomar. Desenterro muita coisa que está enfurnada na memória. Muita coisa. Mania besta essa que eu tenho. Tudo vai parar nas páginas de meu caderno.

Juraci e Betinho chegaram carregando três caldeirões de caldo fumegante, transportados na caminhonete de Genival. Duca e Celsinho, que estavam num canto do salão entretidos numa discussão, correram para auxiliar no transporte. Melquíades também se prontificou. Seu Claudionor chegou na mesma hora, acompanhado da esposa. Ficou sabendo da correria para o lanche e providenciou pães em quantidade. As crianças presentes se alvoroçaram. Ermelina, que veio acompanhada de Letícia, organizou uma fila. Terezinha ajuda na distribuição. Risoneide sentou-se perto da viúva para apresentar as promoções. A Velha Guarda engatava um samba animado, quando a líder da associação pediu a palavra e discorreu sobre a importância da solidariedade e da união. O discurso se encerrou brevemente e o samba voltou a comer solto. Dinorá, animada com a movimentação, danou a sambar como se estivesse desfilando na avenida. Derrubou uma vela na passadeira e a gritaria foi geral. Osney e Acácio contiveram o princípio de incêndio.

O pessoal rodeia Dalvinha, a caçula de seu Genu, que chama a atenção por estar numa estica para ninguém botar defeito. O novo marido a presenteou com um carro de luxo. A presença do misterioso Dorival que havia tempos não aparecia na vila também gera comentários. Ele veste paletó marrom de veludo, calça esporte de brim escuro, camisa xadrez e está calçando sapatos de couro. Gigantescos. É educadíssimo, mas se mantém, como sempre, afastado e silencioso. Tia Bê e d. Fina, as primeiras a serem servidas, se deliciam com o caldo e elogiam o tempero de Juraci e Betinho. Mira e Pintassilgo escutam os causos repetidos do Corneteiro.

O momento é propício.

— Escapei um pouquinho pra te visitar. Vim ao velório do seu Genuíno Amolador, que está acontecendo aqui mesmo, nas salas do cemitério. Eu devia ter vindo antes. Sei que devia. Me perdoa. No começo, tive receio de topar com a sua mãe por aqui. Muita gente veio homenagear o seu Genu, mas não há comoção. A velhice, você sabe, ajuda a amenizar a dor dos que ficam. Bigu é que está inconsolável. Permaneceu perto da urna, segurando a mão do avô por quase todo o tempo. É justo! Ele serviu como pai e mãe pra ela. Ela deixou de chorar um pouquinho agora. Foi se sentar do lado de fora, tomar um pouco de ar puro, amparada pela Risoneide e pela Terezinha. Seu Genuíno estava na cama fazia tempo. Seco como um graveto. Manso como um passarinho. Vai morar no corredor ao lado. A esposa também descansa neste jardim. Quem diria que você chegava aqui antes dele? Quem diria, minha filha? Pobre Bigu. Era a tua amiguinha de reinação, junto da Cassiana. Mira gostava de costurar vestidinhos iguais pra vocês três. Dizia: "Olha, mana! Que trio de pretinhas lindas!". E eu, que sempre sonhei em ser mãe de uma menina, retrucava: "Ainda roubo uma pra mim. Ou todas elas!". Sim. Como a boa d. Alzira, que habita as minhas memórias infantis, sonhava em ter uma filha chamada Sônia Maria, sonhei também eu em ter uma filhinha. E escolhi pra ela o nome de Rita. Rita de Cássia. Como a santa das causas impossíveis. Quem sabe, vocês teriam sido amigas. Valdumira abria o portão da nossa casa e permitia que vocês reinassem à vontade no quintal. Quando brincavam de escolinha, ela até fornecia a merenda. Bigu tomou gosto pela brincadeira e se formou professora. Bem, disso você soube. Dizem que já passou até na televisão. Se um adulto analfabeto deseja aprender a ler, ela ensina sem cobrar nada. Cassiana teve um bebê. Uma menininha. Penso que sofre experimentando amargo bocado, já que não se casou e tem que lidar com a língua viperina de muita gente. Ela esteve no salão, mas se retirou bem depressa. Creio que pra evitar falatórios. Sei bem pelo que está passando.

"Mesmo depois de ter me reaproximado da tua mãe, eu não tinha coragem de vir. Só fazia acender uma vela atrás da outra, com a finalidade de iluminar o seu caminho. A claridade te alcançou? Sei que a Mira já esteve aqui contigo muitas vezes. Ela também veio se despedir do velho Genuíno. Sabia que ele era doido por ela? É bonito ter quem goste da gente. O seu Corneteiro corteja a Mira. Torço pra que ela dê uma chance pro amor. Nunca foi de faltar em velório ou missa de sétimo dia, a minha mana.

"Vi uma porção de gente em que não punha os olhos em cima há muito tempo, hoje.

"Desculpa se te importuno. Gosto de cemitérios. Não quero o meu corpo cremado quando eu for embora dele. Abaixo sete palmos, é o que desejo. Eu trouxe essa flor vermelha. Sei que é a tua preferida. Foi colhida no roseiral do meu vizinho Acácio. A Paz, a esposa do Acácio, está enterrada perto daqui.

"O tempo virou. Tomara que não chova. Ninguém devia morrer no verão. Funeral em tempo de calor é aborrecido. E é triste quando chove durante o enterro. Ter que virar as costas e deixar quem a gente ama debaixo de chuva… dolorido demais.

"Soube que botaram uma foto da Julinha sobre o teu peito. O seu Genuíno vai levando o cachimbinho. Tá tudo quieto demais nesta quadra. Não vejo outros visitantes. É bom que a gente fique a sós. Tenho muito o que conversar contigo. Não fui te visitar no hospital porque não pude, viu? Mas estive lá. Nem pelo vidro me deixaram te olhar. No seu velório, também não me permitiram comparecer. Menos ainda ao sepultamento. A sua mãe me proibiu. Não tiro a razão dela. Fui eu quem te matou, Regininha. Quando pari o carrasco, você nem tinha nascido. Decretei a tua morte, filha.

"Sei o quanto você queria ver a sua bebê crescer. Esta quadra é quieta demais. Você sempre gostou tanto de música. Agora que tomei coragem, prometo que venho te visitar mais vezes. E trago rosas. Nada há de faltar para a sua pequena. Nadinha. Não vamos deixar. Outra coisa que quero te dizer é que o Júlio César partiu deste mundo. Como sempre, fez o que tinha vontade. Será que você já sabia? Olhe, Regininha, pedi encarecidamente ao Betinho para que desse um jeito de enterrar o corpo do Júlio noutro canto que não aqui, onde o seu repousa. Pode ser bobagem. Mais uma. Uma providência tardia. Incoerência da minha parte. Eu sei. Não te protegi quando foi preciso e agora... não me perdoo. Eu devia ter enjaulado o Júlio César assim que ele mostrou os primeiros sinais de descontrole. Como é que não enxerguei? Eu só queria ter certeza de que você tem sossego agora. Essa vida é feito uma viagem, num desses ônibus de uma porta só. A gente passa o tempo todo lutando pra alcançar o fim do corredor e desembarcar no ponto certo. Júlio fez você saltar no meio do caminho. Me arrebento todos os dias. Estou à espera do meu ponto final, Regininha. Quando eu descer, vou correndo te dar um abraço. E pedir desculpas por tudo como se deve.

"Tomei coragem e fui ao médico, investigar o motivo daquela azia de que reclamo há tempos. Fiz os exames. Não contei a ninguém sobre o diagnóstico que recebi. Pra mim, pouco importa. Rasguei as receitas dos remédios. Ignorei as instruções que a doutora orientou. Faz de conta que não sei de nada.

Deixei de reclamar quando a dor me visita. Aguento calada, pra não incentivar cobranças. Voltei ao filtro vermelho e parei de controlar a quantidade diária de cigarros, como vinha fazendo. Contratei um agente e deixei recomendações expressas. Assim que eu tombar, ele deve estar atento. Esse espaço do teu lado está reservado. Ninguém haverá de ocupá-lo, senão eu. Tá tudo encaminhado. A Julinha é a minha única neta. Não possuo muitos bens, mas o que tenho pertence a ela. Daqui a pouco, o bondoso seu Genu vai chegar por esses lados. Espere por mim, minha filha. Também não me demoro."

— *Vocês ficam mais um pouco? Vou terminar o sorvete e preciso ir.*

— *Você é sempre a primeira a ir embora, Bigu.*

— *O Lamartine viaja amanhã. Não sei daqui quanto tempo vou ver ele de novo. Quero me despedir com tranquilidade.*

— *Como assim? O Lalá vai viajar?*

— *A Regininha mora no mundo da Lua. Vem à Terra só de vez em quando... há dias comentei sobre a partida do Lamartine.*

— *Eu queria só saber de onde a sua tia tirou dinheiro pra bancar essa viagem ao exterior. Se queria...*

— *Isso é coisa dela com os patrões, que têm o Lalá como afilhado. O velho, dono da fábrica, é quem vai custear as despesas.*

— *Que sortudo é o Lamartine. Imaginem só: voar pra outro país... conhecer outros ares, outros costumes.*

— *O Lalá vai pra outro país?*

— *Sim, Regininha!*

— *E... de avião?*

— *Não, minha filha... ele vai de bicicleta. Ah, Regininha... faça-me o favor! Até pra ser desligada tem limite. Daqui a pouco, vai me dizer que não sabia que o Lamartine é gamado em você.*

— *O Lamartine? Gamado? Em mim?*

— *A Regininha não sabe que é a culpada pela partida do Lamartine. Que ele não aguenta ver ela nos braços do Júlio César...*

Acabou.

Voltando da visita, encontrei a comitiva se formando e acompanhei o cortejo. Encerrou-se o ciclo de seu Genuíno Amolador. Pai de muitos filhos. Avô de tantos netos. Considerado. Companheiro. A terra recebeu a carcaça. Que lhe seja leve. Mas as delicadezas... alma. Espírito. Quem sabe onde estão?

Enquanto o caixão descia, a Velha Guarda levou ao peito os chapéus brancos enfeitados com fita verde, as cores de nossa escola. Cantaram sambas antigos, os preferidos de seu Genuíno. Tocaram surdo e cuíca. Seu Genuíno era mestre no surdão e amava o som da cuíca. Cobriram a urna com o pavilhão. Teve minuto de silêncio, seguido ao rápido discurso declamado por Preto Taquera.

— Lá vai o nosso amigo, encontrar os que partiram antes e já integram a roda de samba celestial. É o destino de todos.

Salva de palmas.

Perguntei a Valdumira se me acompanhava na volta para casa, mas ela preferiu ficar mais um pouco. Creio que a mesma ideia que tive, ela teve também. Vai ter com Regininha. Notei que, além dos crisântemos que carregava para seu Genu, levava também um cestinho com rosas vermelhas.

— Prefiro as amarelas.

— As cor-de-rosa são as mais bonitas.

— Vocês não entendem nada mesmo. Olhem as brancas! Parecem até que são feitas de algodão-doce.

— As brancas mais parecem feitas de nuvem, minha filha. Veja as cor-de-rosa! Elas sim se parecem com algodão-doce. Aquele que o homem açucara na frente da gente no parquinho e fica redondão.

— Como o seu cabelo!

— Ah! Sua ridícula!

— Você é que é! Horrorosa!

— Ei! Já vão começar? O homem prepara algodões brancos, amarelos, cor-de-rosa. Até azuis de céu e verdes de mar.

— Você já viu o mar?

— Só na televisão. E nas revistas.

— Não tem algodão-doce vermelho como aquela flor ali, sozinha no canto. Pobrezinha. Não tem nenhuma outra como ela.

— É cor de vinho. Vinho muito forte.

— Acho que é cor de sangue, isso sim.

— Mas ninguém chama ela de rosa cor de vinho ou rosa cor de sangue. O nome dela é rosa vermelha.

— Falou a sabe-tudo. Então responde esta: o sangue de todo mundo é da mesma cor?

— Não sei.

— Nem eu.

— Acho que sim.

— *Vou perguntar pra mamãe.*

— *Melhor perguntar pro padre.*

— *A professora de ciências é quem deve saber.*

— *O de nós três? Será que é igual?*

— *Se a gente é da mesma cor.*

— *Vamos furar o dedo com uma agulha? Só pra tirar a prova?*

— *Ai! Eu não quero! Deve doer. E não gosto de sentir nenhuma dor.*

— *Covarde!*

— *Você é que é louca!*

— *Olha! Vamos parar? Duas maritacas! Gosto de vermelho, mas, nesse caso, escolho mesmo as cor-de-rosa.*

— *E eu as amarelas.*

— *Eu troco as brancas pela vermelha. É a mais linda de todas as flores.*

— Então você veio, Maria!

— Dei a minha palavra, d. Gerda. Estou aqui pra deixar tudo bem-arranjado e limpo pra que a próxima funcionária possa se adaptar à rotina com algum sossego.

Organizei as roupas e arejei o apartamento. Estive uma última vez no hortifrúti e ensinei à ruivinha que carrega agora uma esplêndida barriga de sete meses de espera minha divina receita de alcachofras na manteiga. Carreguei o carrinho pesado de compras pela calçada. Vasculhei e despoluí a geladeira. Higienizei e acondicionei as frutas e as verduras. As preciosas endívias. Deixei refeições congeladas. Esvaziei o pequeno armário e depositei um vaso de flores jovens e de bom ânimo sobre o batente da janela do quartinho de empregada. Quarto que, provavelmente, hospedará outra Maria.

Finalizei a longa lista de afazeres e convoquei a patroa para uma excursão pela casa. Fiz uma devolutiva sobre as atividades realizadas. Entreguei os uniformes limpos e passados, assim como a cópia da chave da porta da cozinha. Antes de sair, retirei um pequeno embrulho da gaveta do balcão.

— Encontrei isso durante a limpeza, d. Gerda. Já ia me esquecendo.

— Mas… Maria… são os brincos desaparecidos da mamãe. Onde foi que você encontrou?

— No fundo de um dos armários.

— Não é possível! Procuramos por eles com minúcia, várias vezes. Não creio que pudessem estar tão perto de nós.

— Mas estavam. Bem... pode ser que a alma da vossa mãe não tenha alcançado sossego, remoendo sempre a perda das perolinhas. Que tenha peregrinado por este apartamento buscando por elas. E, quando as encontrou, deu um jeito de fazer com que ficassem visíveis e voltassem pras mãos certas. As suas.

— Não diga absurdos, Maria. Não acredito nessa bobagem de fantasmas. Você acha mesmo que o espírito da mamãe está vagando?

— Ela era muito apegada à senhora.

— Você quer dizer que esta casa pode estar assombrada?

— Como pode tomar a sua boa mãe por uma assombração, d. Gerda? Pessoa tão generosa como era a d. Árvada. Além do mais, os mortos são inofensivos. A gente tem que temer os vivos. Os vivos é que podem fazer algum mal pra gente.

— Detesto dormir sozinha! Detesto! A empregada nova só vai ficar dois dias por semana. Herbert está irredutível. Não quer voltar. Só me faltava essa... conviver com a ideia de que a mamãe passeia por aqui depois de morta. Isso é... inconcebível!

— A senhora não deve ter medo por estar em companhia da sua própria mãe.

— Não fale essas coisas. Não há companhia alguma aqui. Eu gostaria que você refletisse e continuasse trabalhando pra mim. Pense bem, Maria.

Me posicionei na fila. Havia um coletivo parado, aguardando por passageiros, mas todos os assentos estavam ocupados e tinha já muita gente em pé. Pelo caminho, conforme mais pessoas embarcam, a tortura e o calor aumentam. Não tenho mais saúde para encarar a viagem até Fim-do-Mundo espremida nos corredores, como fiz por tantos anos. Devia ser proibido pagar para viajar sem conforto.

Decidi esperar o carro seguinte. Precisava e fazia questão de me sentar. De preferência, num lugar perto da janela.

Não demorou e o assento vazio ao meu lado foi ocupado. Risoneide. Era ela minha companheira de viagem. Vinha do Depósito Central.

— A empresa de cosméticos não quer mais enviar a caixa pelo correio, Sá Narinha. O carro de entregas foi assaltado muitas vezes em Fim-do-Mundo. É o que dizem. Agora, preciso vir até o Centro buscar as encomendas e carregar todo esse peso.

Lamentei a presença dela em pensamento. Preferia meditar a ter que conversar por todo o caminho. Risoneide retirou um catálogo da pastinha e começou a se abanar. E falou por quantas juntas tinha no corpo. Nem por um segundo deixei de ouvir sua voz.

— Malditos catálogos! Tiram o meu sono. Me fazem andar debaixo de sol e chuva, as coxas roçando uma na outra, desgastando os tecidos. Os meus e os das calças.

A viúva alegre da casa amarela é cliente antiga. Mas atrasa o pagamento religiosamente. Risoneide sorri quando ela aparece à janela se desculpando por não ter providenciado o dinheiro ainda. Porém, em seu íntimo, trata a viúva por demônia.

— A demônia se vangloria de ser pensionista de funcionário público. Recebe o benefício todo dia 30, mas faz hora pra pagar. Quase sempre diz que não pôde ir ao banco por culpa da pressão alta. Faço de conta que acredito.

Risoneide finge se preocupar com o relato dos achaques da viúva. Não vacila em afirmar que ela tem dinheiro guardado em casa.

— "Você sabe que tardo, mas não falho!": é o que repete a embusteira, Sá Narinha. Toda vez a mesma coisa. Como o papagaio dela. Sei, sim, cretina! Eu emendo em pensamento. Desconfio que ela gosta de me fazer voltar muitas vezes, pra ter com quem meter o pau na vida alheia. Repórter do capeta é o que ela é!

Algumas vezes, a viúva a convida para entrar.

— Ela me serve chá e uns bolinhos de canela. Medonhos!

Mas os bolinhos consolam o estômago quase sempre agitado de Risoneide.

— O cheiro de flor podre dos vasos da sala me causa náuseas. Os cachorros também são fedorentos e fazem algazarra.

Risoneide agrada os cães. Acaricia a cabecinha deles.

— Em casa, lavo as mãos até quase arrancar a pele. Tenho medo de contrair sarna.

A viúva ouve boleros todo o tempo.

— Boleros deixam os meus nervos destruídos. Mas a fogosa enrustida de uma figa anda comprando presentes pro novo amante nos catálogos. Preciso ter paciência. Pensar na comissão. Mesmo quando ela me aluga na calçada e não oferece um copo d'água.

Se abanando com mais força, Risoneide pondera sobre o que é mais irritante: se o latido das pestes peludas ou o falatório do louro agourento.

— Ele olha pra cara da gente e fica repetindo: "Vai morrer! Vai morrer!". Ave bufa, descarada! Não que eu tenha receio de morrer, Sá Narinha! Não tenho.

Chegamos ao nosso ponto. Risoneide se despediu. Precisava passar numa porção de lugares antes de ir para casa. Desci a rua ligeiro. Os meninos. A erva. Dia nublado. Terezinha Vesga pregava as boas novas do evangelho para a viúva alegre na calçada. O papagaio, pousado no ombro da viúva, agourava os passantes. Acenaram. Parece que quase ninguém se lembra do que houve. Estão voltando a me tratar com alguma naturalidade. Apesar da revolta inicial que a tragédia causou, a vida de todos seguiu o curso.

Há uma confusão acontecendo na maloca.

— A culpa foi do teu filho!

— Foi o teu quem provocou!

Acácio recolhia os cadáveres de margaridas em seu jardim. Jardim que arquitetou para alegrar sua doce Paz, que foi embora tão cedo. Ele nunca se refez do golpe que foi perder seu amor. Paz foi vencida por aquela doença. Acácio, sempre ao seu lado. Nunca mais quis saber de ter outra companheira. Vive apenas com o passo-preto de estimação. No velório de Paz, quando o abracei, ele repetia que aquilo não estava certo.

— Ela não bebia, não fumava. Era devota de Nossa Senhora. Tanta gente ruim fica no mundo, Sá Narinha. Por que é que logo ela teve que partir?

O italiano baixou para apartar a briga das mulheres. Ameaçou botar as duas na rua, empregando seu confuso dialeto. Tantos anos morando no Brasil e continua misturando os idiomas. Além disso, é adepto do uso de palavrões cabeludos. Parei para trocar ideias com Pintassilgo, mas ele se calou de repente. Jaciara passou esbanjando juventude. Percebi que Pintassilgo tentou se ajeitar na cadeira. Jaciara nem tomou conhecimento de sua existência.

Continuei observando a vida da rua. Me veio à boca um gosto brando de ternura. Um recomeçar de Quarta-Feira de Cinzas. Tranquilidade discreta de Sábado de Aleluia. Me vesti de carinho por aquela gente. Minha gente.

Novos escândalos volumavam na boca do povo. Dirceu Bolão é assunto. Está preso, coitado! A corda sempre arrebenta para o lado mais fraco, mas ele deve sair logo da tranca, pois, segundo dizem, já tem advogado. A pobre da Niquita agora madruga na fila da visita para entregar o jumbo. A menina da Ivonete não tem quinze anos ainda e já está de barriga. Tão magrinha. Parece que engoliu uma azeitona. O pai da criança deve ser um dos garotos do bequinho. Garantida está a futura geração de Fim-do-Mundo. São muitas as mocinhas exibindo ventres em desenvolvimento. Os novos ocupam o lugar dos que estão partindo.

Sobre o telheirinho do ateliê de costura de Dolores, o chuchuzeiro se alastrou. Nasceram chuchus miudinhos às centenas. Nada empedrados, verdinhos. Abertamente macios. Doroteia os colhia com grande disposição, enquanto Dolorinha enchia as sacolas das crianças que faziam fila. Teteia transbordava contentamento pelo regresso previsto do filho Lamartine. Mandei para ela um beijinho soprado, que me foi retribuído na mesma hora.

Uma bananeira reina soberana no quintal da frente, na casa de seu Genu. Todas as outras árvores moram no sítio dos fundos. As folhas esvoaçantes ultrapassam o limite murado e dançam quando sopra a ventania. Crinas lustrosas. Lá e cá. A planta gesta com paciência um cacho onde as bananinhas maduram sem pressa. O coração da bananeira está inchado, tingido de um tom roxo estonteante. Também acompanha a música do vento, ligado ao cordão fibroso que o balança. Minha avó arrancava os corações logo que os cachos se formavam. Dizia que eles roubam o vigor da fruta, e que, se não fossem retirados, as bananas morriam verdes, encruadas no cacho. Pois isso deve ocorrer igualmente com as pessoas. O coração da gente, muitas vezes, suga o entendimento. O que nos enfraquece.

O papel com os detalhes estava lá. Na gaveta do armário, na cozinha. Eu conhecia o endereço. Passei uns dias planejando. E desistindo. Até que nasceu um domingo assombroso. Feio mesmo. De nuvens carregadas e ar pesado. Desses em que, para dar as caras na rua, é preciso se agasalhar bastante. Fui à sala. Vazia. Dia de visita ao orfanato da igreja. Ela nunca deixou de ir, a não ser nos tempos em que esteve fora de si ou acamada. Nem o frio, nem a chuva, nem mesmo a dor na coluna que a incomodou a semana toda a impediram de sair. Foi carregando a sacola cheia, preparada na noite anterior. Costuma voltar pelo fim da tarde. Significava que, se eu executasse meu plano, mal planejado, não a encontraria por lá. Eu não queria que ninguém soubesse. Vesti um conjunto de lã e enfiei a bolsa debaixo do braço. No portão, bati o olho na touceira de espadas-de-são-jorge. Apanhei a faquinha de cabo preto que mora atrás do vaso de guiné. Cavouquei a terra até encontrar a raiz das duas espadas maiores. Arranquei as duas e enfiei numa sacola que estava presa ao cercadinho. Subi a ladeira para chegar ao ponto nuns passos pesados, de quem não tem certeza. Deixei sair o primeiro ônibus. E o segundo. Meus pés congelaram. No terceiro, embarquei. Era preciso tomar mais uma condução. E caminhar um bom pedaço. Assim eu fiz.

Diante do portão, me arrependi. Um menino vendia flores murchas expostas num carrinho de mão. Entrei. Procurei a administração. A funcionária do guichê assistia a um programa de auditório num aparelho de TV pequenininho. Mal tirou os olhos da tela para me atender. Estendi o papel, que ela analisou num instante. Indicou a direção. Voltou os olhos de novo para a tela. Fui descendo devagar pelas ruas estreitas de placas apagadas. Um tanto de cachorros perambulando. Escolhi beirar o paredão. Parei para ver as fotografias. Crianças. Jovens. Feições sorridentes ou muito sérias. Solenes. Alcancei a travessa. Fui acompanhando os números das campas. Decresciam. Vacilei faltando umas três casas. De longe, vi a imagem na lápide. Ela havia cuidado de tudo. Era mesmo lá que ia, em suas saídas misteriosas. Restos de vela. Uns cata-ventos coloridos fincados na terra. Florzinhas plantadas em volta do quadrado. Na foto, ele usava a blusa azul que ela mesma tricotou. Fotografia antiga. De menino. O nome gravado em letras douradas. O dia do nascimento. E o de morte. A frase em caligrafia deitadinha: "Saudade eterna". Peguei a sacola com a planta e procurei dentro da bolsa algum objeto que pudesse servir de escavadeira. Encontrei um pente. Cravei as espadas assim, num canto. A terra estava úmida de garoa. Quando ela voltasse, na certa estranharia aquela aparição. Mas acho que não atinava, não. Pensei em chorar. Seria de bom-tom. Tentei dizer alguma coisa. Não veio palavra à boca. Chuviscou. Cessou. Eu lá. Desconcertada. Fui-me embora. Subi, me escorando numa espécie de corrimão de ferro, instalado junto ao paredão. Senti pontadas no abdômen e encostei a cabeça numa das gavetas embutidas. Toquei sem querer a plaquinha com um retrato de menina. 1966-1968. Vestido branco de renda. Rosto de quem esteve de passagem. Rita de Cássia. Viveu por dois anos nesta terra. Senti umidade nos olhos. Nó na garganta. Minha comporta se abriu. Fiz uma prece na intenção daquela alminha.

Segredos. Tenho frequentado demais o passado, reconstituindo momentos. Em períodos de meditação, me distraio recordando como cenas importantes ocorreram. E esboço a maneira que eu gostaria que tivesse sido, baseada nos resultados e consequências que hoje conheço. Como se a vida fosse um rascunho. Como se pudesse ser reescrita.

Naquele ano, Doroteia insistiu de tal maneira para que eu fosse com ela à festa de fim de ano na fábrica de bolachas que acabei aceitando o convite. Me arrumei sem grandes ânimos. Fazia um calor danado. Pegamos Lamartine, que não tinha três anos ainda, e tomamos rumo.

Era tanta gente circulando pelo pátio que, se soltássemos a mão de Lamartine, ele se perderia no meio da multidão, empolgado como estava. Contrataram um velhinho magricela para fazer as vezes de Papai Noel. Caçoamos do homem, que parecia um gato no saco. Doroteia desapareceu por umas horinhas, enrabichada com os colegas. Não me aborreci. Ela bem merecia se divertir. Eu avistava sua cabecinha se sacudindo ao som da música animada e me conformava. Fiquei tomando conta de Lamartine e pensando que, na verdade, ele era dono de tudo aquilo. Como é a vida... Teteia foi, por um tempo, empregada na casa dos donos da fábrica. Eles tinham quatro filhos. Dois já eram casados. Havia uma moça solteira, que estudava para ser professora. O caçula era bonito feito artista de cinema. Porém, repentinamente, gemia num choro sentido, de quem sofre uma dor inexplicável, mas não uma dor física. Tinha crises convulsivas, desmaiava. Passava dias sem se alimentar. Quando pequeno, a mãe o trazia ao colo e fazia carinhos. Ele serenava. Mas cresceu. Se tornou um homem parrudo. A mãezinha já não conseguia conter os colapsos emocionais. O pai o conduzia com grande paciência. Deixou a direção da fábrica a cargo dos outros filhos e se dedicava à companhia do temporão. Praticante de uma doutrina ancestral, questionava os deuses e lhes fazia oferendas, esperançoso de que libertassem seu filho daquele cárcere. Acreditava que alguma divindade invejosa, tomada de ciúmes da beleza do menino, havia enfeitiçado seu espírito, fazendo com que ele se comportasse feito uma criança. Brincando no jardim, se acalmava. A casa, que era muito bonita, foi aprisionada atrás de um muro alto, pois chamava a atenção dos que passavam o jovem, já com barbas no rosto, fazendo esculturas com barro.

Apesar da aparente infantilidade, tinha ousadias de homem-feito. O pai se mortificava daquela transição e procurava dominar as sensações naturais que envolviam o rapaz. Era como tentar engarrafar o ar. As reações eram as mais diversas quando ele tropeçava em Doroteia pela casa.

Quando a notícia da gravidez de Teteia estourou, os patrões a demitiram. Ela esperou o menino nascer e voltou ao casarão para fazer uma visita. O velho saiu ao portão e se assustou quando a viu parada, feito um dois de paus.

— O que é que você está querendo, Doroteia?

— Vim apresentar o seu neto.

O homem ficou feito defunto. Cinzento. Rígido. Gelado. Botou Doroteia para dentro. Sentou-se ao lado dela num banco do jardim. Doroteia não deu anestesia. Falou o que tinha vontade. O patrão ouvia tudo como se tomasse murros no estômago. Olhou incrédulo para o volume coberto com um xale, nos braços de Doroteia.

— E como posso saber que você não está mentindo? Como é que tem certeza de que o meu filho é realmente o pai da sua criança?

— Apois! De onde é que eu tirava uma conversa dessas? — E, descobrindo o menino, finalizou: — E onde é que eu arranjava esse japonesinho?

Lamartine tem olhos bem puxados e cabelos muito lisos, enfeitando a testa larga, semelhantes aos do pai.

O avô se resignou.

— Se a minha mulher souber disso, é capaz de cair morta. E os meus outros filhos? Como é que eu digo tudo isso a eles?

— Olhe, disso eu não sei. Mas preciso de auxílio pra criar o pequeno, agora que nem emprego tenho mais.

O patrão alisava a calva, observando se a esposa não saía à janela.

— Vamos fazer o seguinte: eu te arranjo uma vaga na fábrica e, por fora, ajudo com algum. Se quiser, é isso. Se não quiser, compre a briga e espere o troco.

Doroteia esticou o bico. O pobre precisa ter os pés no chão.

— Pra mim, tá bem desse modo. Eu vivo em paz com o meu menino e o senhor, com a sua família.

Naquela época, eu também trabalhava na fábrica. Mas alternava os turnos longos com as faxinas pesadas, que fazia em casarões. Por isso, não tive mesmo vontade de acompanhar Teteia em suas coreografias malucas. Meu corpo doía.

Notei que um camarada me encarava. Sentado a uma mesa, acompanhado de uma mulher e duas crianças, não tirava os olhos de nossa direção. Achei que fosse cisma minha. Não era possível que o sujeito estivesse me galanteando, estando ao lado da mulher que, eu supunha, era sua esposa.

Quando Teteia voltou da algazarra, me retirei por uns instantes para usar o banheiro. No caminho de volta, senti a mão pousar de leve sobre meu ombro. Virei depressa. Ele me examinou dos pés à cabeça. Fiquei atordoada por todo o tempo em que estive dentro dos olhos dele. Assombrada é a palavra mais adequada, para ser exata. Ele pretendia dizer alguma coisa. Mas olhou para a mesa onde estavam sentadas a mulher e as crianças. Saiu.

Não raciocinei depois do acontecido. Me sentei e, segundo Doroteia, a cor fugiu de minha cara. Ela pediu para que me trouxessem água e até me emprestou seu leque japonês. Deixei de assimilar as piadas que Teteia contava e as fofocas que sussurrava sobre a gente que passava.

Quando nos dirigimos ao portão, no final da festa, um rapaz se achegou e me entregou um pedaço de papel. Doroteia não se apercebeu de nada. Guardei o bilhete dentro da bolsa. Só tive coragem de abrir o bendito no portão de casa. Havia uma data, um endereço e um horário. Faltava uma semana.

Chegou o dia. Um domingo. Ah! Os domingos. Inventei uma desculpa para Valdumira. Saí com o peso duma criminosa.

A praça ficava do outro lado do mundo. Cheguei atrasada. Havia um chafariz. Um realejo. E ele. Sentado num banco, examinando o relógio. Senti medo. Vontade de sumir. Mas antes que eu pudesse me arrepender e desistir, ele me viu. Acenou. Nem esperou que eu chegasse. Veio me encontrar. O chafariz. A praça. O realejo. Uma igrejinha de torre azul. A de nossa infância era pintada de amarelo.

Quando contei sobre a gravidez, ele não escondeu o desapontamento. Não falei esperando amparo, isso não. Mas porque achei que era justo ele saber. De boas intenções o inferno está cheio. Me pinicou a maneira brusca com que reagiu.

— Como é que você deixou isso acontecer, Nara?

— Deixei?

— Achei que você se prevenia.

— Fiquei doente. Falhei uns dias com a pílula.

— Arranjo o dinheiro pra você se virar.

— E quem foi que disse que eu tenho intenção de me virar?

— Não leve essa gravidez adiante, Nara. Sabe que sou casado, pai de outros filhos. Não tenho intenção de abandonar a minha família. Você vai cuidar sozinha da criança?

— Vou.

Mas sozinha nunca estive…

— Fico mais sossegado se você der um jeito.

— E vou dar. Vou criar a minha filha.

— Como sabe que será uma menina?

— Sabendo!

— Não cometa essa loucura.

— Se você é covarde, eu não sou.

— Covarde? Eu? E por acaso fui eu quem não teve coragem de assumir o nosso caso quando éramos solteiros? Livres?

— Sou solteira. E livre pra fazer o que bem entender.

— Mas eu não sou! E poderia ter sido seu marido. Se você não tivesse me rejeitado.

— Eu é que não ia me casar com você, sabendo que a minha irmã te queria. Tanto ou mais que eu!

— Eu nunca quis a sua irmã!

— Eu sei que não. Zombava dela até cansar. Me lembro bem.

— Idiotice de moleque. É só que... não era dela que eu gostava. Era de você. Fazia de tudo pra tocar a sua mão quando me entregava a moedinha em troca das bisnagas. Implorei pra ficar com você, Nara. A gente já tinha idade pra namorar e tudo. Mas, toda vez que a gente se encontrava atrás do muro da igreja, e eu insistia pra que me deixasse falar com o seu pai, você me proibia.

— E por isso você foi correndo noivar com outra.

— Pra ver se te convencia! Mas a moça morreu, Nara. E nem assim você mudou de ideia. Foi embora da cidade sem se despedir. Não tive alternativa senão constituir a minha família. Quando decidi tentar a sorte aqui, na cidade, ficava pensando se ia te ver de novo. Parece que adivinhei.

— Eu é que não despedaçava o coração da minha irmã por causa de homem.

— Eu também não vou despedaçar o meu casamento, Nara. Sinto muito. Se você vai assumir a gravidez, paramos por aqui.

— Paramos sim. E é bom. Eu não pretendia mesmo contar pra Mira que você é o pai da minha filha. Ela não tem pai, tá acabado. Não vou precisar de nada, fique tranquilo. Sou mais eu. Sou, sim! Viu?

— O público daqui é pagante como qualquer outro, Xis. Consumidores comuns, com gostos diversificados. Andei observando nas minhas andanças pelo bairro e percebi que o comércio é deficiente por aqui. Falta um restaurante de boa qualidade. Com preços adequados à realidade da população, claro. E um cardápio variado. A gente pode desenvolver esse projeto, Xis. Você não quer mais trabalhar com a mamãe, mas, convenhamos: o que vai receber todo mês como aposentada não vai ser suficiente pra suprir as suas necessidades. E isso vai te levar a recorrer com frequência às suas economias.

— Não sei não, Betinho. Talvez seja melhor você abrir o seu negócio em alguma zona nobre da cidade. Aqui é distante demais e muito complicado pra receber mercadorias.

— Posso transportar quase tudo no começo. Me interessa o consumidor daqui. Tem muitos restaurantes nas zonas nobres da cidade. Quero instalar uma cozinha de qualidade aqui mesmo, em Fim-do-Mundo. E pensei em batizar o lugar de Bolapreta. "Cozinha funcional Bolapreta."

— É que andei cogitando pôr a casa à venda, viu? E me mandar com a mana pro interior.

— Antes eu também pensava que isso seria o melhor pra vocês. Mas, analisando racionalmente, creio que fugir daqui não seja a melhor solução. Esta é a sua casa. Você comprou ela com empenho e não fez nada de errado. Pra que se esconder? Além do mais, ia ficar longe da Julinha. É isso mesmo o que quer?

Proponho que me auxilie. Ao menos no início. Quando tudo estiver engrenado, se ainda estiver com vontade de ir embora, eu sigo com o negócio.

— E você vai mesmo morar aqui em Fim-do-Mundo?

— Ué! Você não mora? Sou melhor em quê?

— Maluquinho. Doidinho mesmo, viu? Quase toda a gente que conheço quer mais é se picar daqui. E você, querendo vir pra cá. Chego a pensar que foi trocado na maternidade. Deve ter um filho da d. Gerda perdido por aí. Deve sim.

Valdumira criou fôlego ao ser incumbida de desenvolver o cardápio de sobremesas do Bolapreta. E precisou de um auxiliar. Pintassilgo. Betinho planejou um horário de trabalho personalizado para ele, de modo que sua agenda de tratamentos e terapias não foi afetada. Com o novo emprego, em vez de investir tempo estacionado na calçada, sonhando com Jaciara, ele se ocupa com as aulas de Valdumira. Kátia Cristina também trabalha com a gente, enquanto o bebê está na creche. Largou o tal Edivan, voltou a morar com a avó e retomou os estudos na escola noturna. Zildete completa a equipe. Havia compartilhado com Betinho suas preocupações por arcar com as despesas da criação de Julinha. Embora eu sempre tivesse tentado colaborar com as precisões de minha neta depois da partida de Regina, no início Zildete se negou a receber qualquer auxílio. E questões burocráticas demoram a se resolver. Mas acho que a morte de Júlio abrandou o sentimento de revolta que a consumia. Valdumira e eu somos tão avós quanto ela. E nos encontrávamos arruinadas pela falta de Julinha. Os laços se estreitaram. Misturamos nossas angústias e nos unimos para dar suporte à quarta mulher que temos a responsabilidade de formar.

A inauguração do Bolapreta, na avenida mais movimentada de Fim-do-Mundo, despertou a curiosidade de todos. Eu mesma, em meus dias de folga, já lamentei a falta de um lugar para fazer uma refeição agradável, quando não sentia vontade de cozinhar. O Bolapreta está instalado num salão espaçoso e iluminado. Betinho o decorou com móveis simples, mas que, com seu bom gosto, tornaram o lugar uma grande atração. Temos apresentações de música ao vivo. Até a Velha Guarda já esteve no pequeno palco que Betinho instalou perto das mesas, tendo como vocalistas, obviamente, tia Bê e d. Fina, além das outras tradicionais pastoras. Tia Bê anda alegrinha. Decidiu deixar de rezingas com Dirceu Bolão e apostou um valor mais alto que o de costume no avestruz, como indicou seu sonho de juventude. Não deu outra! Na cabeça. A boladinha que virou não é grande coisa, mas serviu como um pé de meia, que a tem aquecido. D. Fina também está toda prosa. A vaga com o dentista do postinho saiu, enfim. Ela foi encaminhada ao hospital-escola e está com o sorriso em dia. Não leva mais a mão à boca ao falar e canta de se esgoelar, sem restrições. Mas ai de quem disser que ela está de dentadura nova. Seu Mironga tentou fazer um elogio e saiu chamuscado.

— Mas que bela cremalheira, Josefina! Que diferença não faz uma dentadura de respeito!

— Não uso dentadura, ô atrasado! A doutora dentista falou que o nome correto é prótese.

Um táxi estacionou em frente ao portão numa manhã de sábado. Dele, desembarcou uma figura empertigada que chamou a atenção de todos. Valdumira, adiantada que é, tinha suas sobremesas prontas e refrigeradas. Por isso se deleitava apenas em cuidar de Julinha, que brincava no terraço, e em fazer sala para seu Bartolomeu Corneteiro, que se tornou cliente assíduo e é sempre o primeiro a chegar. Ao avistar a criatura, Mira abraçou Julinha com força e acompanhou o desfile da estranha em direção ao saguão. Alguns clientes já circulavam. Katita anotava os pedidos. A visitante admirou por um instante a enorme placa vermelha com a foto de Bolapreta estampada em tamanho natural. Sem pedir licença, se embarafustou pelo corredor, examinando as gravuras expostas nas paredes, os canteiros de ervas suspensos e os exuberantes vasos de orquídeas de arzinho atrevido que pareciam recepcionar os visitantes. Orquídeas. Uma multidão de orquídeas. Tantas outras florzinhas contentes, caquinhos de espelho, mensagens de boas-vindas ao longo da passagem, até a entrada. Caminhando com passos leves de raposa, tocou as toalhas recém-esticadas. Percebeu a música. Sentiu o aroma. Surgiu à porta da cozinha e quase provocou um infarto coletivo.

— Mamãe?

— D. Gerda?

— Bom dia! Não me convidaram, mas vim conhecer o... estabelecimento.

— Mamãe... a senhora não precisa de convite. Que bom que veio.

— Então, Maria, você deixou de trabalhar pra mim e agora trabalha pro meu filho? Permanece servindo à família. Ele paga mais que eu?

Betinho se preparou para responder, mas me adiantei.

— Ele não é meu patrão, d. Gerda. É meu sócio!

— Sim, mãe. E a Xispê é, na verdade, a sócia majoritária. Investiu mais capital que eu.

Gerda, como sempre, rompia em soberba. Contudo, apesar da altivez, arrastava uma aparência abatida. As costas arqueadas. Parecia surrada. Amarrotada, como um objeto roído de traça que, depois de passar muito tempo esquecido num baú de quinquilharias, foi exposto ao sol para se livrar do cheiro de guardado.

— A senhora veio só conhecer as instalações, ou vai experimentar a nossa comida?

— Depende. Qual é o menu?

— Bem, d. Gerda, há grande variedade. Mas lamento informar que não servimos endívias aqui.

— Suponho que não. Mas sabe de uma coisa, Expedicionária? Ando mesmo farta de endívias. De qualquer forma, quero dizer que, quando a brincadeira com o Betinho começar a causar aborrecimentos e for preciso botar os pés de volta ao chão, você pode me procurar. Dou preferência a funcionários de confiança. Pense bem no que lhe digo, Maria. Se decidir trocar o duvidoso pelo certo e ficar mais alguns anos trabalhando na minha casa, onde o salário é justo e garantido, me telefone.

— Está muito bem pensado. Não quero mais ficar, d. Gerda! Não quero, não, viu?

Notas

A partir da p. 29, o fragmento do primeiro livro lido por Sá Narinha foi extraído do romance *Pavilhão de mulheres*, de Pearl S. Buck (Editora BestSeller, 2009. Trad. de A. B. Pinheiro de Lemos.).

Na citação sobre as mulheres chinesas que costumavam engolir os brincos, ela se refere ao livro *A boa terra*, da mesma autora (Alfaguara, 2007. Trad. de Adalgisa Campos da Silva.).

O trecho citado por Sá Narinha na p. 61 é parte da canção "Abrigo de vagabundos", composta por Adoniran Barbosa.

© Lilia Guerra, 2023

Todos os direitos desta edição reservados à Todavia.

Grafia atualizada segundo o Acordo Ortográfico da Língua Portuguesa de 1990, que entrou em vigor no Brasil em 2009.

capa
Paula Carvalho
obra de capa
Leandro Junior
composição
Jussara Fino
preparação
Silvia Massimini Felix
revisão
Gabriela Rocha
Jane Pessoa

3ª reimpressão, 2025

Dados Internacionais de Catalogação na Publicação (CIP)

Guerra, Lilia (1976-)
O céu para os bastardos / Lilia Guerra. — 1. ed. — São
Paulo : Todavia, 2023.

ISBN 978-65-5692-518-9

1. Literatura brasileira. 2. Romance. I. Título.

CDD B869.3

Índice para catálogo sistemático:
1. Literatura brasileira : Romance B869.3

Bruna Heller — Bibliotecária — CRB 10/2348

todavia
Rua Luís Anhaia, 44
05433.020 São Paulo SP
T. 55 11. 3094 0500
www.todavialivros.com.br

fonte
Register*
papel
Pólen natural 80 g/m²
impressão
Geográfica